KU-633-418

TIC TOC ARSWYD

PAUL STEWART

Addasiad
JULI PASCHALIS

PORT TALBOT LIBRARIES NEATH

GOMER

Argraffiad Cymraeg cyntaf—Mai 1997

ISBN 1 89502 439 4

ⓗ Usborne Publishing Ltd., 1996
ⓗ y testun Cymraeg: Juli Paschalis, 1997
Teitl gwreiddiol: *Clock of Doom*

Cyhoeddwyd gyntaf yn 1996 gan Usborne Publishing Ltd.,
Usborne House, 83-85 Saffron Hill, Llundain EC1N 8RT

Cedwir pob hawl. Ni chaniateir atgynhyrchu unrhyw ran o'r cyhoeddiad hwn na'i
gadw mewn cyfundrefn adferadwy na'i drosglwyddo mewn unrhyw ddull na
thrwy unrhyw gyfrwng electronig, electrostatig, tâp magnetig, mecanyddol,
ffotogopïo, recordio nac fel arall, heb ganiatâd ymlaen llaw gan y cyhoeddwyr,
Gwasg Gomer, Llandysul, Ceredigion.

Dymuna'r cyhoeddwyr gydnabod cymorth
Adrannau Cyngor Llyfrau Cymru.

Cyhoeddwyd dan gynllun comisiynu
Cyngor Llyfrau Cymru.

NEATH PORT TALBOT
LIBRARIES

CL.	TEE	
DATE	1|98	PR 2.99
LOC.	CONA	
NO.	2000012274	

Argraffwyd gan
Wasg Gomer, Llandysul, Ceredigion

Doedd neb yn gwybod lle'r oedd e. Fyddai neb yn gallu dod o hyd iddo. Cyfeiriodd ei olau at y gwyrddni a hoeliwyd ei sylw gan rywbeth rhyfedd iawn. Lle bynnag y fflachiai ei dortsh, tasgai'r golau oddi ar fonion y coed ac allan i'r pellter tywyll . . . ond mewn un lle, taflwyd y llewyrch yn ôl ato, dro ar ôl tro. Roedd rhywbeth yn disgleirio arno.

Estynnodd Glyn ei fraich yn ofalus cyn belled ag y gallai drwy'r drysni—gan hanner disgwyl teimlo dannedd miniog blaidd yn treiddio drwy ei groen cynnes.

Doedd dim blaidd . . . ond roedd yr hyn y cyffyrddodd Glyn ynddo yn taro milwaith mwy o ofn yn ei galon.

Rhywbeth oer, caled a llyfn. Gwyddai ar amrantiad beth oedd dan ei law. Roedd wedi ei gyffwrdd unwaith o'r blaen, yn ei hunllef. Oedd e wedi dod o hyd i'r Cloc Tynged?

CYNNWYS

Cyfarchion

Safodd Glyn Schilling ar blatfform gwag gorsaf Steinfeld. Ar ôl clydwch y trên teimlai lach yr awyr yn ei chwipio'n greulon. Pan dynnai anadl, saethai pigau rhewllyd y gwynt i'w drwyn a'i ysgyfaint. A phan chwythai ei anadl allan, chwyrlïai cymylau trwchus o niwl am ei ben. Doedd dim sôn am un enaid byw yn unman.

Roedd ei Ewythr Karl wedi addo dod i'w gyfarfod. Ble'r oedd e, tybed?

Cododd Glyn ei fag a throi am y swyddfa docynnau, gan obeithio y byddai rhywun yn ei ddisgwyl yr ochr arall. Cyn iddo fentro dwsin o gamau llamodd horwth o gi ato gan gyfarth yn wyllt am yn ail â ffroeni'r awyr.

Rhewodd Glyn. Doedd e ddim yn or-hoff o gŵn dieithr ac roedd hwn fel bwystfil. Ci mawr cryf oedd e, â chot wen a llygaid duon, oer. Noethodd ei geg a syllodd Glyn yn syn ar res o ddannedd miniog.

Prin ei fod wedi camu o risiau'r trên cyn dod wyneb yn wyneb ag un o gŵn Annwn—blaidd o gi ffyrnig.

Camodd yn ôl, ei galon yn curo fel gordd. Hyrddiodd y ci ei hun ato, yn grafangau i gyd. Cododd Glyn ei fag o'i flaen i'w amddiffyn ei hun a'i wthio i geg yr anifail.

Suddodd y dannedd mileinig i'r bag a theimlodd y pawennau'n plymio yn erbyn ei frest a'i hyrddio i ymyl y platfform.

Edrychodd i fyw'r llygaid duon. Doedd hi ddim fel petai'r ci ar frys i'w larpio wedi'r cyfan.

'Ci da,' sibrydodd Glyn.

Sylwodd ar glustiau'r ci yn codi wrth iddo droi i edrych yn ei ôl. Ac fe glywodd Glyn y sŵn hefyd—sŵn traed yn atseinio yn y tywyllwch ac yna llais dyn.

'Wolf!' rhuodd y llais. 'Gorwedd!'

Diolch i'r drefn, meddyliodd Glyn. Y perchennog. Ond thalodd y ci yr un sylw. Plygodd ei ben ac agorodd ei geg yn lletach fyth. Caeodd Glyn ei lygaid.

Teimlodd anadl cynnes, drewllyd ar ei wyneb.

'Wolf,' rhuodd y llais eto, yn nes y tro hwn.

Llyfodd tafod cynnes gwlyb ên a thrwyn y bachgen a orweddai ar y llawr.

Cododd y pwysau oedd ar ei frest a chlywodd ddyn yn dweud ei enw.

'Glyn? Ti sy 'na?'

Yno safai dyn tal â gwallt golau a llygaid gleision, dyn a welsai Glyn droeon mewn lluniau. Ond gofid oedd ar ei wyneb y tro hwn, nid y wên lydan ar gyfer y camera.

'Mae'n ddrwg calon 'da fi am groeso Wolf. Rhaid ei fod yn edrych ymlaen yn arw at gwrdd â ti.'

Siglai'r bwystfil ei gynffon yn gyfeillgar, ond roedd Glyn yn ddigon balch o weld y tennyn yn ddiogel yn llaw ei ewythr.

Dridiau ynghynt, roedd Glyn wedi dathlu ei ben blwydd. Cafodd addewid gan ei rieni ei fod am gael anrheg arbennig iawn. Gwyliau gydag Ewythr Karl a Modryb Ingrid!

Y trip oedd yr unig beth fu ar feddwl Glyn ers hydoedd. Byddai'n teithio i'r wlad lle cafodd ei dad ei eni a'i fagu, ac fe gâi gyfarfod â brawd ei dad am y tro cyntaf. Dyma gyfle gwych iddo ymarfer ei Almaeneg a rhoi cynnig ar ddysgu sgio.

Bu'r siwrnai'n un gyffrous hefyd, yn enwedig am ei fod yn teithio ar ei ben ei hun. Yr awyren, y trên; roedd popeth wedi gweithio fel wats. A dyma fe dafliad carreg o gartref ei deulu yn Oberdorf.

'Mae'n ddrwg 'da fi 'mod i'n hwyr yn cyrraedd y stesion,' ymddiheurodd ei ewythr. 'Mae'n bwrw eira'n drwm yn y mynyddoedd felly doedd dim gobaith i fi yrru'n gyflym.'

Teimlai Glyn yn ddigon bodlon ei fod yn medru deall Almaeneg ei Ewythr Karl. Edrychodd ar yr awyr felyn-lwyd.

'Rhyfedd na fu sôn am y tywydd gwael ar y teledu y bore 'ma,' meddai Ewythr Karl gan afael ym mag ei nai. 'Gan amlaf mae bechgyn y tywydd yn reit siŵr o'u pethau. Ond fe ddaeth y cymylau eira o nunlle ... tua'r adeg yr oet ti'n croesi'r ffin, am wn i.'

Cerddodd y ddau at ddrws yr orsaf, gyda Wolf yn tynnu'n chwyrn ar ei dennyn.

'Gwell i ni ei symud hi. Bydd yr eira fan hyn toc ac mae'n siŵr o fod yn waeth o lawer ar y tir uchel.'

'Yn ôl beth mae Dad yn ei ddweud, mae hi'n bwrw eira drwy'r amser yn Oberdorf.'

Gwenodd Karl. 'Ddywedwn i mo hynny. Ydy, mae'n bwrw eira weithiau yn y mynyddoedd yn y gaeaf ond gan amlaf rydyn ni'n cael rhyw fath o rybudd.' Un car yn unig oedd yn y maes parcio. Modur mawr â gyriant pedair olwyn.

'Braf dy gyfarfod di o'r diwedd, Glyn,' meddai Karl gan daro'r bachgen yn gyfeillgar ar ei ysgwydd. 'Mae Ingrid yn edrych ymlaen yn arw at dy weld hefyd.'

Ac wrth i'r ddau adael maes parcio gorsaf Steinfeld, dechreuodd fwrw eira.

2

Storm

Erbyn iddyn nhw gyrraedd cyrion y dref, fedrai'r naill na'r llall weld ymyl y ffordd. Tynnodd Karl y car i'r ochr. 'Cadwyni eira yw'r unig ateb, Glyn, hyd yn oed i fodur gyriant pedair olwyn.'

Gwyliodd Glyn y cymylau melyn-lwyd yn dawnsio'n feddw yn yr awyr.

'Fedra i ddim deall,' meddai Ewythr Karl. 'Doedd dim sôn am hyn ar y lluniau lloeren.'

'Ydy hon yn storm eira go iawn?' gofynnodd Glyn.

'Efallai,' atebodd Ewythr Karl, heb dynnu ei lygaid oddi ar y ffordd. 'Byddwn ni'n eu cael nhw o bryd i'w gilydd. Pan own i dy oedran di, gadawyd Oberdorf fel ynys fach am ryw bythefnos gan eira, a tua wyth deg o flynyddoedd yn ôl, bu deunaw o bobl farw pan . . .'

'Ond fyddai peth felly ddim yn digwydd nawr, siawns. Dim yn oes yr hofrennydd a'r cyfrifiadur.'

'Go brin. O leia, rwy'n gobeithio dy fod yn iawn. Ond mae natur yn gallu chwarae triciau arnon ni, cofia.'

Trodd y modur i gyfeiriad Oberdorf. Roedd yn

frwydr galed i gadw'r sgrin yn ddigon clir i weld y ffordd, a'r eira'n disgyn mor drwm. Ac roedd y sefyllfa'n gwaethygu bob munud.

'Feddyliais i erioed y gallai eira fod mor beryglus,' meddai Glyn.

'Bu pump o bobl farw ar y rhewlif y llynedd,' atebodd Karl. 'Sgio roedden nhw. Roedd yn ddiwrnod clir ond daeth afalans yn sydyn . . . a dyna'u diwedd nhw. Fydd 'na ddim sgio yn y tywydd yma. Fydd dim gobaith i'r lifft . . . Bobol annwyl, weles i erioed eira mor drwchus ar y rhan hon o'r ffordd.'

Yn boenus o araf, nadreddodd y modur ar y ffordd droellog, gul drwy'r coed. Sbiodd Glyn drwy'r ffenestr, a'i galon yn carlamu wrth feddwl nad oedd yna ddim i'w hatal rhag disgyn dros ymyl y dibyn.

Gafaelodd Ewythr Karl yn dynn yn yr olwyn lywio, ei wyneb yn un gwg mawr wrth iddo geisio canolbwyntio. 'Pa mor bell ŷn ni o Oberdorf?' holodd Glyn yn nerfus.

'Rhyw ddeng munud ddylai hi gymryd fel arfer, ond dyn a ŵyr faint mewn tywydd fel hyn.'

Syllodd Glyn drwy'r ffenest eto. Boncyffion duon, eira gwyn. Roedd y cyfan yn edrych fel golygfa o hen ffilm. Wrth iddyn nhw droi un cornel, gwelon nhw fan wedi ei pharcio o'u blaenau. Roedd dyn yn ei gwrcwd yn brwydro â'i gadwyni eira. Llywiodd Ewythr Karl ei fodur yn ofalus heibio i'r dyn, gan simsanu ar y dibyn.

Yn sydyn, teimlodd Glyn y modur yn colli rheolaeth. Trodd ei stumog wrth iddo ddychmygu'r olwynion yn troelli'n ofer yn yr awyr. Caeodd ei lygaid. Roedden nhw'n llithro at yr ymyl.

Ddywedodd e yr un gair. Ond y funud nesaf, teimlodd Glyn y cadwyni ar yr olwynion yn gafael eto a phan fentrodd agor ei lygaid yr eildro, doedd dim sôn am y fan na'r gyrrwr.

Roedd y ddau ohonyn nhw'n hollol fud. Cordeddai'r ffordd yn ei blaen tua phentref Oberdorf a'r unig sŵn i dorri ar y tawelwch llethol oedd grwndi'r cadwyni eira yn gwneud eu gwaith.

Ar wahân i oleuadau cryfion y modur, roedd yn dywyll fel bol buwch. Syllodd Glyn yn freuddwydiol ar ddisgleirdeb yr eira, a oedd fel gwreichion yn tasgu o dân gwyllt.

Roedd y ffordd yn fwy gwastad erbyn hyn a Glyn yn falch iawn o weld coed ar y ddwy ochr. Yn y pellter gallai weld siapiau'r toeon a'r simneiau ac ambell lygedyn o olau. Trodd Ewythr Karl yn sydyn ar hyd llwybr na welsai Glyn— llwybr cul, serth drwy'r coed.

Fel malwen, teithiodd y ddau yn eu blaenau nes cyrraedd llecyn agored lle daeth y llwybr i ben yn sydyn. Drwy'r eira, gwelodd Glyn dŷ pren â tho serth. Gwyddai ar unwaith mai dyma'r tŷ y clywsai cymaint amdano gan ei dad—y tŷ ar gyrion y fforest dal, dywyll. Ond doedd dim sôn am y coed heno, nac unrhyw beth arall o ran hynny. Roedd yr eira wedi newid siâp popeth, a gorweddai'n garped trwchus dros bob twll a chornel. Mewn ambell le, roedd wedi lluwchio hyd at sil y ffenestri.

'O'r diwedd,' meddai Ewythr Karl, a thinc o ryddhad yn ei lais. 'A does yr undyn byw yn mynd i 'mherswadio i i adael y tŷ 'ma heno!'

Camodd Glyn yn ddiolchgar o'r modur a theimlodd yr eira yn lapio am ei bengliniau. Am yr ail waith y noson honno, trawodd y gwynt ei wyneb yn greulon. A chwipiai'r plu eira ei gorff cyn ei orchuddio mewn carthen glaerwyn.

Tasgai croeso cynnes o ffenestri'r caban pren. Sylwodd Glyn fod rhywun wedi ceisio clirio'r llwybr i'r drws ond bod yr eira'n prysur ddadwneud y gwaith.

Agorwyd y drws gan wraig bryderus yr olwg. Prin y medrai Glyn ei hadnabod. Roedd mor wahanol i'r lluniau a ddangosodd ei dad iddo. Croesodd ati.

'Dewch mewn, dewch i'r tŷ,' cynigiodd Modryb Ingrid. 'Mae'n ddrwg 'da fi nad wyf wedi trefnu tywydd gwell yn groeso i'r ymwelydd newydd.'

Neidiodd Wolf o'r modur gan lanio ar ei hyd yn yr eira. Crynai wrth ffroeni'r awyr. Udai'n isel yn ei wddf. 'Be sy, dwed?' gofynnodd Ewythr Karl, wedi ei synnu gan ymateb y ci. Yn y pellter, torrodd sŵn cloc y distawrwydd. Am eiliad, er gwaethaf arogl croesawgar mwg y tân coed a'r bwyd, teimlodd Glyn ias yn crwydro ar hyd ei feingefn.

Gwyliodd wrychyn y ci yn codi a'i glustiau'n cwympo am yn ôl. Cododd Wolf ei ben ac udo. Rhewodd y sŵn yn yr awyr cyn cael ei ateb gan adlais o bell a'i lyncu gan yr eira tawel, trwchus.

3

Wedi ynysu

Os oedd sawr y bwyd o'r gegin yn tynnu dŵr o'i ddannedd, roedd ei flas yn ogoneddus. Wrth glirio ei blât swper am y trydydd tro, gallai Glyn deimlo ei lygaid yn cau wrth i wres y gegin a'r bwyd lapio amdano fel cwrlid.

'Rwy'n credu dy fod ti'n barod am dy wely,' meddai Modryb Ingrid yn garedig. 'Gwely dy dad yw e, er ein bod wedi rhoi matres newydd arno fe!'

Roedd Peter Schilling, tad Glyn, wedi ei eni yn Oberdorf ac wedi byw yno nes iddo fynd dramor i weithio. Roedd wedi cwrdd â mam Glyn a'i phriodi, gryn ugain mlynedd ynghynt. A doedd e ddim wedi dychwelyd i Oberdorf unwaith ers hynny.

'Hoffet ti ffonio adre, i ddweud dy fod wedi cyrraedd yn ddiogel?' awgrymodd Modryb Ingrid.

Syniad da. Byddai ei rieni am wybod sut aeth y daith ac ati. Cododd Glyn y ffôn. Roedd mor farw â hoel.

'Be sy?' gofynnodd Modryb Ingrid.

'Dyw e ddim yn gweithio,' atebodd Glyn.

'Karl, mae'n rhaid bod yr eira wedi tynnu'r llinellau ffôn i lawr!'

''Sdim gobaith iddyn nhw drwsio'r peilons nes iddi orffen bwrw eira. Beth am i ti drio'r ffôn symudol?' awgrymodd ei ewythr.

Ond ddaeth dim smic o sŵn o grombil hwnnw chwaith.

'Am beth rhyfedd,' meddai Ewythr Karl. 'Ddoe ddwetha roddes i fatri newydd ynddo fe. Falle bod y tywydd yn tarfu ar y signal. Does dim byd arall y galla i neud. Falle cei di fwy o hwyl arni bore fory.'

'Siŵr o fod,' meddai Glyn. 'Nos da i chi'ch dau, a diolch.'

'Nos da, 'ngwas i. Cysga'n dawel,' meddai Modryb Ingrid.

Wrth iddo droi am ei ystafell yn nho'r tŷ, teimlodd Glyn hen ias annifyr yn cerdded hyd ei feingefn eto. A'r lle mor gynnes a chroesawgar, ac yntau newydd fwyta llond ei fol o fwyd! Beth oedd yn bod arno fe? Rhaid ei fod wedi blino'n lân.

Roedd yr ystafell yn union fel y disgrifiodd ei dad droeon. Y nenfwd isel, y caeadau pren dros y ffenestr i gadw'r golau allan. A'r cloc yn tician yn hamddenol ar y wal. Fu Glyn fawr o dro cyn tynnu amdano a swatio dan y cwrlid cotwm gwyn.

Chwibanai'r gwynt yn wyllt y tu allan. Udodd Wolf drosodd a thro o waelod y grisiau. O'r diwedd, llwyddodd Ewythr Karl i dawelu'r ci, ond wrth iddo roi'r gorau i'w riddfan, roedd fel petai pob ci arall yn yr ardal yn dechrau ar eu swnian nhw. Beth yn y byd oedd yn bod arnyn nhw? Mae'n rhaid eu bod wedi gweld eira o'r blaen. Neu oedd 'na rywbeth mwy sinistr yn eu poeni?

Tynnodd Glyn y cwrlid yn glòs am ei ben gan geisio cau pob sŵn o'i glustiau. Caeodd ei lygaid ac mewn chwinciad roedd yn cysgu'n esmwyth.

Dechreuodd freuddwydio. Roedd ei freuddwyd yn hyfryd . . . i ddechrau. Ond wrth i'r noson fynd yn ei blaen, buan y trodd ei freuddwyd hyfryd yn hunllef erchyll.

4

Yr hunllef

Eisteddai Glyn mewn caban gwag ar y trên.
Roedd ar ei ffordd i Steinfeld, ar ei wyliau, ar ei
ffordd at Ewythr Karl, ar ei ffordd i'r pentre lle
ganed ei dad. Byddai'n rhaid iddo ddod oddi ar y
trên toc. Rhuthrodd gorsaf ar ôl gorsaf heibio i
ffenestri'r trên ond doedd dim sôn bod y trên am
arafu. Fedrai o ddim arafu.

Ymlaen ac ymlaen yr aeth, yn ddyfnach i
grombil y fforest. Edrychodd Glyn drwy drwch
brawychus o eira; edrychodd ar y llethrau serth yn
disgyn i nunlle dros ymyl y cledrau.

Eiliad yn ddiweddarach, safai yn y coridor, yn
cael ei daflu o ochr i ochr heibio rhesi diddiwedd
o gabanau gweigion. Yn sydyn, gwelodd ddrws
o'i flaen. Blaen y trên. Fflachiai llythrennau mawr
coch y neges:

GYRRWR
Dim Allanfa

Llanwodd pen Glyn â rhythm oedd yn cyflymu
fesul eiliad . . . . gwich metel wrth i'r olwynion
sgrechian dros y trac. Syrthiodd drwy'r drws i

gaban y gyrrwr. Ond pa yrrwr? Roedd y caban yn wag. Fflachiai llythrennau mawr coch neges arall o flaen ei lygaid:

Dim Allanfa
DIM GYRRWR

Chwiliodd Glyn am y brêc . . . a chael hyd i fotymau. Botymau coch, botymau gwyrdd, botymau glas . . . ond pa fotwm allai stopio'r trên?

Gwibiodd ffurfiau gwyrdd tywyll heibio i gil ei lygaid. Y fforest. A'r siapiau gwynion? Ysbrydion eira. Roedd e'n hyrddio ar hyd twnnel diderfyn. A gydol yr amser, sgraffiniai nodwyddau'r pinwydd y ffenestr a chrafai'r eira groen ei wyneb.

'Breuddwyd yw hon. Dim byd ond breuddwyd,' meddai wrtho'i hun. Ond roedd hon yn freuddwyd na fedrai ddeffro ohoni.

Roedd y trên wedi diflannu. Safai Glyn yn y fforest, yn unig ac wedi dychryn. 'Breuddwyd yw hon. Dim ond breuddwyd. Mae'n rhaid i mi ddeffro. Breuddwyd . . .' Ond gallai deimlo'r oerfel yn ei chwipio'n greulon. A chlywed yr eira yn crensian dan draed. Gallai weld ei anadl yn cordeddu drwy olau'r lleuad oer . . . a synhwyrai mai ef oedd prae rhyw heliwr cudd. Roedd yn rhaid iddo ddianc.

Stryffagliodd fel dyn meddw drwy'r drysni trwchus. Torrai'r pinwydd ei goesau, tynnai'r drain wlân ei ddillad a disgynnai'n ddall dros y gwreiddiau dan ei draed . . . ond ymlaen yr aeth.

Ac yna clywodd udo bytheiad unig, blaidd unig, cant o fleiddiaid . . . Doedd dim dihangfa. Roedd y coed yn fwy trwchus fyth fan hyn, mor drwchus â chlawdd terfyn. Cropiodd ar ei bedwar fel baban ar lawr. 'Dianc! Mae'n rhaid i mi ddianc! Breuddwyd. Dim ond breuddwyd. Breuddwyd yw hon.' Yn sydyn, fe'i cafodd ei hun mewn llannerch agored, a'r eira'n garped moethus ar lawr. Ac o'i flaen, dawnsiai rhesi dirifedi o lygaid melyn, pob un yn llosgi fel fflamau tân uffern.

Agorodd ei geg i sgrechian; ond ddaeth 'na ddim sŵn. Trodd i redeg ond roedd ei goesau'n gwrthod symud o'r fan. Syllodd y llygaid melynion arno o'r tywyllwch a thyfu fesul eiliad.

Ar hynny, daeth wyneb yn wyneb ag un o'r bwystfilod—anferth o greadur â chot wen fras a llygaid oerion. Camodd Glyn yn ôl. Hyrddiodd yr anifail ei hun i'r awyr, ei geg yn llydan agored . . .

Cododd Glyn ei freichiau i'w amddiffyn ei hun wrth i'r anadl drewllyd ei bwnio yn ei wyneb. Syrthiodd yn ôl dros luwch o eira i ymyl y dibyn du . . .

Glaniodd ar rywbeth oer, llyfn a chaled. Trodd ei ben ac edrych i fyny. Eisteddai ger gwaelod rhes o risiau marmor yn arwain i gopa twr uchel . . . twr a bwyntiai at yr awyr fel bys marmor, du. Ac ymhell uwch ei ben, canai cloch gnul.

Twr cloc oedd hwn.

Yna roedd Glyn hanner ffordd i fyny'r grisiau, a

ddringai o amgylch ochr allanol y tŵr, fel helter-sgelter mewn ffair . . . Doedd dim dihangfa.

Dringo, dringo, yn uwch ac yn uwch, yn gwbl ddiymdrech. Ac roedd ei adlewyrchiad i'w weld yn glir yn y waliau llyfn, sgleiniog, yn cyd-ddringo gydag e. Yn sydyn, daeth diwedd ar y grisiau. Wal farmor solet oedd o'i flaen. Dim drws. Dim dihangfa. Uwch ei ben, diflannai tŵr y cloc i ganol y cymylau.

'A does dim gobaith mynd i fan'no,' meddai wrtho'i hun.

'O oes,' daeth yr ateb. Crechwenai y Glyn arall arno.

'Breuddwyd yw hon,' atgoffodd Glyn ei hun. 'Dim ond breuddwyd.'

'Felly pam na geisi di ddeffro?' meddai ei adlewyrchiad wrtho. 'Wyt ti am ddod i mewn neu beidio?' Estynnodd ei law at y Glyn o gig a gwaed.

Ac estynnodd Glyn ei law yntau'n ôl . . . nes teimlo ei hun yn cael ei lusgo drwy'r wal farmor ac i galon y tŵr a ymestynnai i'r düwch uwch ei ben.

Ac i fyny yr aeth, gris yn dilyn gris yn ddidrugaredd. Goleuwyd ei lwybr gan olau gwan a dreiddiai drwy'r holltau yn y wal. Doedd dim dihangfa. Dim dihangfa.

Cripiodd yn ei gwman ar hyd cyntedd isel, cul. Roedd y tywyllwch yn cau amdano fel blanced o huddugl.

A'r aer. Doedd dim aer.

Roedd yn fwy ac yn fwy anodd . . . i . . . anadlu . . .

Ymbalfalodd ar hyd y muriau llyfn gan obeithio dod o hyd i ddrws neu adwy neu glwyd. Ond doedd dim dihangfa.

Dim dihangfa.

Rhaid i mi fynd yn ôl. Rhaid i mi.

Ond doedd dim modd troi'n ôl. Doedd dim lle i droi, a lle bynnag yr estynnai ei fysedd, roedd y wal i'w theimlo dan ei law. Roedd e mewn trap. Wedi ei ddal mewn arch o farmor du. Doedd dim dihangfa.

'Help!' galwodd yn daer.

'HELP?' atebodd llais arallfydol. 'RWYT TI'N MENTRO I MEWN I'R TŴR HEB WAHODDIAD NA CHANIATÂD. AC RWYT TI'N GOFYN AM HELP?'

'Ond wyddwn i ddim . . .'

'DYW DY ANWYBODAETH DI'N POENI DIM ARNA I,' adleisiodd y llais arallfydol. 'RWYT TI YMA NAWR AC YMA Y CEI DI FOD.'

Crafangodd Glyn yn wyllt am y muriau llyfn. Roedd yn rhaid iddo ddianc. Yn rhaid . . .

Roedd y llais yn ei gyfarch eto, yn taranu nes gwneud i'r muriau marmor grynu.

'DOES DIM DIHANGFA. DIM DIHANGFA . . . . DIM . . . DIM . . . DIM . . .'

Ymdoddodd y geiriau'n ddim, yn rhan o'r tywyllwch.

Dim dihangfa.

'Breuddwyd yw hon,' atgoffodd Glyn ei hun. 'Dim ond breuddwyd.'

5

Argyfwng!

Deffrôdd Glyn ar amrantiad. Agorodd ei lygaid a'i atal ei hun rhag sgrechian. Fedrai e ddim gweld, fedrai e ddim symud—prin y medrai dynnu anadl. Roedd e'n dal yn garcharor yn y blwch marmor, du.

Ond yna sylweddolodd fod y 'nenfwd' uwch ei ben yn feddal ac yn gynnes. Dim ond y cwrlid oedd e! Fe'i taflodd ar lawr ei ystafell wely.

Yn chwys oer drosto, gorweddodd yn ei unfan nes i'w anadlu arafu rhyw gymaint. Roedd yr hunllef yn dal yn glir—yn rhy glir—yn ei feddwl.

Roedd e wedi cael hunllefau o'r blaen, ond dim i'w gymharu ag un neithiwr. Roedd pob darlun, pob smic o sŵn, pob symudiad mor glir yn ei feddwl . . . y trên, y blaidd, cnul y gloch, y tŵr yn ymestyn am y nefoedd fel bys marmor du, a'r llais annaearol.

Ond yn waeth na'r cyfan oedd yr ofn. Roedd hwnnw'n dal i afael ynddo fel gelen. Crynodd. A chofiodd y teimlad o gael ei gau yn y tŵr a'r tywyllwch yn cau'n dynnach amdano.

Cododd o'i wely gan dynnu ei ddillad rhywsut

26

rywsut amdano. Aeth ati i agor y ffenestri. Doedd hi ddim yn hawdd oherwydd y trwch eira y tu allan, ond pan lwyddodd e o'r diwedd roedd gweld y gwynder yn disgleirio i'w ystafell yn werth yr ymdrech.

Roedd fel darlun ar gerdyn Nadolig—y garthen wen yn gorwedd yn daclus dros bob twll a chornel ac yn disgleirio yn yr haul. A'r tawelwch! Roedd y tawelwch bron yn llethol. Ddaeth 'na'r un smic o sŵn o unman—dim cân aderyn, dim cyfarthiad ci. Dim.

Yn ei frys i gau'r ffenestr yn erbyn yr oerfel rhewllyd, bu ond y dim iddo golli sŵn y clychau —yr un clychau ag a glywsai yn ei hunllef. Un, dau, tri, pedwar . . . cloch yn canu cnul.

Am eiliad, teimlodd Glyn bod eu sŵn yn rhwygo'r awyr yn ddwy, fel cyllell yn torri trwy ymenyn, a chafodd y bachgen ei hun yn syllu heibio i'r gwynder perffaith i ryw bwll du heb ddechrau na diwedd iddo. Yna, yn sydyn, caeodd yr hollt yn yr awyr—fel briw yn cau ohono'i hun. Ond aeth y clychau yn eu blaenau . . . chwech, saith . . .

Carlamodd i lawr y grisiau a bu ond y dim iddo daro ei Ewythr Karl yn sypyn ar y llawr.

'Dal dy afael, Glyn bach,' meddai hwnnw'n syn. 'Mae pethau'n waeth nag yr own i wedi ofni.'

'Sylwoch chi ar yr awyr?'

'Do. Mae'n glir eto. A diolch i'r drefen am hynny. Ond mae'r eira'n dal i gyrraedd y to mewn ambell fan a dyw'r aradr eira hyd yn oed ddim yn gallu gwthio'i ffordd drwy'r lluwchfeydd.'

'Ond . . .'

''Sdim gobaith i ti ffonio adre, rwy'n ofni. Mae'r llinellau teleffon wedi torri, a dyw'r ffôn symudol ddim yn gweithio. Rwy'n ofni bod y cyfrifiadur, hyd yn oed, wedi fferru. Mae Oberdorf gyfan wedi'i ynysu.'

Roedd Modryb Ingrid yn brysur wrth y bwrdd brecwast.

'Bore da, Glyn. Gest ti noson dda o gwsg?'

Cyn iddo gael cyfle i ateb, roedd hi'n rhofio bwyd i'w gyfeiriad—bara, ham, caws, salami, a digon o goffi a sudd oren i wthio'r wledd i lawr ei lôn goch.

Ond er gwaetha'r wledd o'i flaen, teimlodd Glyn yr ysgryd ar hyd ei gefn eto. Allai e ddim cael gwared ar hunllef y noson gynt—na chnul cloch y bore—o'i feddwl. Oedd e wedi dychmygu'r cyfan? Ai'r tywydd rhyfedd yma oedd ar fai? Ceisiodd droi ei sylw at sgwrs ei berthnasau ond doedd dim newyddion da i'w clywed.

'Ysgwn i sut mae hi ar y bobol sy'n byw'n uwch ar y mynydd? Mae'r eira'n ddigon dwfn fan hyn. Dyn a ŵyr sut mae hi arnyn nhw, druen bach,' meddai Modryb Ingrid.

'Beth maen nhw'n ddweud ar y teledu?' gofynnodd Glyn.

''Sgen i ddim syniad. Fedra i ddim cael unrhyw fath o lun na sain ar y set. Weles i erioed y fath beth o'r blaen. Dyma beth yw tywydd! Un peth sy'n siŵr, does dim modd dianc o'r lle 'ma ar hyn o bryd.'

Dim dianc. Dyna'r union beth oedd Glyn wedi'i glywed a'i weld yn ei hunllef. Dim dianc. Dyna oedd geiriau'r llais ddaeth o grombil y marmor du.

'Rhaid i ni gael rhyw fath o drefn ar bethau,' meddai Ewythr Karl. 'Bydd gofyn i rywun fynd â'r parsel 'na draw at Marta. Mae'r nodyn yn dweud ei fod yn bwysig. Cer di ag e, Ingrid, ac fe a' i i weld sut mae'r hen gwpwl i lawr y lôn.'

Ar y gair, daeth rhywun at y drws a dechrau curo'n uchel. Aeth Ewythr Karl i'w ateb. Safai dyn byr yno, wedi'i lapio'n gynnes mewn cot fawr a chap am ei ben.

'Daniel! Dere mewn. Oes gen ti newyddion i ni?'

'Oes, a dydyn nhw ddim yn newyddion da, rwy'n ofni. Y teulu Stock—mae Christian oddi cartref ar fusnes ac Anna ar fin cael ei babi. All neb ei chario hi i'r ysbyty a does dim gobaith y gall y meddyg ei chyrraedd hi.'

'Fe awn ni'n dau draw ar unwaith i helpu gorau gallwn ni,' atebodd Ingrid.

Nodiodd Daniel ei ddiolch cyn gadael.

'Mae'n ddrwg 'da ni am hyn, Glyn,' meddai Ewythr Karl. 'Rwy'n credu mai'r tŷ yw'r lle saffaf i ti heddi. Caiff Wolf aros yma'n gwmni i ti.'

Suddodd calon y bachgen. Byddai yntau hefyd wedi hoffi ceisio helpu, neu o leiaf cael cyfle i gwrdd â rhai o'r cymdogion. Hy! Ar ddiwrnod cyntaf ei wyliau roedd disgwyl iddo fe aros yn y tŷ gyda'r hen gi mawr 'na yn gwmni! Ond y cyfan ddywedodd e oedd,

'Pob hwyl. Wela i chi yn nes ymlaen.'

Gwyliodd y ddau yn brwydro drwy'r trwch eira a theimlodd yr unigrwydd yn cau amdano. Beth nesaf? Fe gâi gip o gwmpas y tŷ i ddechrau. Fuodd e fawr o dro ac roedd ar fin dychwelyd i'r gegin i wneud paned arall iddo'i hun pan sylwodd bod 'na gyfrifiadur yn yr ystafell nesaf at ei ystafell wely e: clamp o beth gyda sgrin enfawr, sganer, argraffydd laser, CD ROM, modem . . . Un o'r peiriannau gwych hynny a fedrai wneud popeth . . . a mwy.

Pwysodd y botwm. Llenwyd y sgrin ag 'eira'. Roedd y cyfrifiadur hefyd wedi ei effeithio gan y tywydd rhyfedd! Pwysodd Glyn y botwm i'w ddiffodd, ond yn lle diflannu, dechreuodd yr eira o'i flaen chwyrlïo o amgylch i wneud siapiau y gallai eu hadnabod. Ymhlith y cylchoedd, y sgwariau a'r trionglau, ymddangosodd llythrennau.

TYNGED

Teimlodd Glyn y blew mân ar ei war yn codi. Nid mater o dywydd gwael oedd hyn. Nid storm o eira oedd i'w gyfrif am y fath ddigwyddiad. Roedd rhywbeth annifyr iawn yn digwydd a doedd e ddim am fod yn rhan ohono.

Dychwelodd i'r gegin gan ddyfalu beth fedrai e wneud nesaf. Rywsut, doedd e ddim am yfed y baned 'na wedi'r cyfan. Doedd e ddim wir am aros yn y tŷ o gwbl. Cofiodd am y pecyn roedd Modryb Ingrid am ei roi i Marta. Syllodd ar y cyfeiriad.

Fr. M. Martine,
Das Blockhaus,
Dunkenwald,
Oberdorf.

'Fräu M. Martine, Y Caban Pren, Y Goedwig Dywyll,' cyfieithodd Glyn. A syllodd ar y nodyn mewn inc coch ar gornel y panel: PWYSIG. Tybed allai e ddod o hyd i'r lle? Mae'n siŵr bod 'na fap yn y tŷ neu yng ngherbyd Ewythr Karl. Ac yn wir, doedd dim angen chwilota'n rhy galed cyn cael hyd i'r map, cwmpawd, cyllell boced a thortsh. Gosododd Glyn y map ar fwrdd y gegin. Oedd, roedd y Blockhaus i'w weld arno—yn y fforest i'r gogledd o'r pentref. Os oedd y map yn gywir, roedd llwybr y tu ôl i'r tŷ a fyddai'n ei arwain ar ei union i'r lle.

'Beth bynnag,' meddai wrtho'i hun, 'bydd Wolf 'da fi. Bydd popeth yn iawn.'

6

I'r fforest

Cyn iddo adael y tŷ, gadawodd Glyn nodyn ar y bwrdd i egluro lle roedd e, rhag ofn. Gwthiodd y pecyn pwysig i'w fag gyda'r cwmpawd, y dortsh a'r gyllell boced. Plygodd y map i boced ei siaced a gafaelodd yn dynn yn nhennyn Wolf. Gan anadlu'r awyr gynnes am y tro olaf, agorodd ddrws cefn y tŷ.

Teimlodd lach yr oerfel yn ei fwrw. Roedd yr eira wedi lluwchio'n bentyrrau uchel. Ceisiodd Glyn ddilyn olion traed Karl ac Ingrid yn yr eira dwfn.

'Bydd yn rhaid i ti ddangos y ffordd i fi i gartref Marta,' meddai Glyn wrth y ci. Roedd clywed ei henw fel sbardun i Wolf ac i ffwrdd ag e drwy'r tirlun gwyn, gan ddiflannu yn y lluwchfeydd bob hyn a hyn.

Roedd yn waith caled, y brwydro drwy'r eira a hynny yn nannedd y gwynt; ond wedi i'r ddau gyrraedd cyrion y fforest, roedd llai o drwch ar lawr. Er ei bod rywfaint yn haws cerdded, roedd y llwybr yn fwy serth nag yr oedd Glyn wedi tybio a bu'n rhaid iddo aros yn aml i dynnu ei anadl.

Taflwyd cysgodion duon ar y llawr o'i flaen gan ganghennau'r pinwydd a theimlodd Glyn ias o ofn yn llithro fel llaw anweledig ar hyd ei feingefn. Cafodd y teimlad rhyfedd ei fod wedi teithio ar hyd y ffordd hon o'r blaen.

Y drysni. Y gwreiddiau. Y creigiau. Y canghennau. Y llwybr ei hun hyd yn oed. Oedd, roedd e wedi teithio ar hyd y ffordd hon o'r blaen. Yn ei freuddwyd. Yn ei hunllef. Yr unig beth oedd ar goll oedd y llygaid melyn, y cannoedd o lygaid melyn yn ei wylio. Llygaid melyn y bleiddiaid. Ond doedd 'na ddim bleiddiaid yn y fforest hon. Byddai Wolf wedi eu synhwyro ac wedi rhoi gwybod—rywsut, rywfodd. Ond er iddo ddweud hyn wrtho'i hun drosodd a thro, dechreuodd Glyn redeg . . . rhag ofn.

Weithiau, Glyn fyddai ar y blaen, yn tasgu ei ffordd drwy'r coed. Bryd arall, byddai'r ci yn llamu heibio iddo. Ymlaen ac ymlaen yr aeth y ddau nes disgyn, wedi llwyr ymlâdd, mewn llecyn agored rhwng y coed.

Safai caban pren o'i blaenau. Caban pren o stori dylwyth teg. Caban pren oedd yn hardd ac yn ei ddenu ond a oedd, ar yr un pryd, yn ddigon sinistr yng nghrombil y fforest.

'Dere 'mlaen, gi. Dere i ni gael gwared ar y parsel,' meddai Glyn.

Tynnodd y pecyn o'i fag a churodd yn ysgafn ar y drws. Bron nad oedd wedi gorffen curo cyn i'r drws agor. O'i flaen, safai hen wraig ryfedd yr olwg. Roedd ganddi lond pen o gyrls melyn ac wyneb oedd wedi ei goluro fel masg mewn ffair. Masg cynddeiriog.

'Pecyn i chi,' meddai Glyn yn nerfus.

Plyciodd yr hen wraig y parsel o'i law a'i rwygo ar agor.

'Gwych,' meddai pan welodd y tun gwyrdd tu mewn. 'Dere mewn, grwt,' gwahoddodd.

'Mae'n well i mi ei throi am adre, diolch,' atebodd Glyn.

'Gad dy ddwli. Dere mewn ddywedes i.' A gafaelodd yn ei fraich. 'Pwy wyt ti? Weles i erioed mohonot ti o'r blaen.'

'Glyn Schilling ydw i. Rwy'n aros gyda fe Ewythr Karl a . . .'

'A, ie. Karl ac Ingrid. Rown i'n amau 'mod i wedi adnabod y ci. Wel, dere mewn yn lle sefyllian ar stepen y drws.'

Ar ei waethaf, cafodd Glyn ei hun yn camu i dŷ'r hen wrach â'r wyneb dol. Roedd y cyrls aur, a'r gwefusau glafoeriog coch yn codi cyfog arno, er bod ei geiriau'n ddigon caredig. Edrychai fel petai pen doli blastig wedi'i osod ar gorff hen wrach. Ych a fi!

Roedd hi'n amlwg nad oedd golwg Marta yn poeni dim ar Wolf. Roedd e'n ddigon cartrefol yn y caban ac eisoes wedi cael lle cysurus iddo'i hun yn y cyntedd bach. Caeodd Marta y drws . . .a'i folltio.

'Mae'r gwynt yn gwneud i'r hen ddrws 'na wegian a gwichian. Gas gen i'r sŵn,' eglurodd.

34

'Dere at y tân. Fydda i fawr o dro yn gwneud paned i ni ein dau.'

Roedd y gwres yn llethol ac arogl hen bersawr wedi suro yn llenwi ffroenau Glyn. Prin bod ganddo le i droi gan gymaint y dodrefn a'r annibendod ar hyd y lle.

Gorchuddiwyd wal y cyntedd â lluniau du a gwyn, lluniau o hen sioeau a ffilmiau. Ac wrth iddo edrych yn fwy manwl ar y lluniau hynny, sylweddolodd Glyn ei fod yn edrych ar y Marta ifanc a hardd. Oedd, roedd y gwisgoedd a'r colur yn wahanol, ond doedd dim amheuaeth yn ei feddwl mai hi oedd yr eilun ymhob un o'r lluniau.

'Ie, pwy feddylie? O edrych arna i nawr, ddywedet ti fyth 'mod i wedi bod yn ifanc, yn hardd ac yn enwog unwaith. Ac os nad wyt yn fy nghredu, edrych ar hwn.'

YMDDEOLIAD MARTA MARTINE, BREN-HINES Y LLWYFAN. Dyna oedd y pennawd. A'r dyddiad? 17 Tachwedd 1947.

''Nawr wyt ti'n credu? Do, fe fues i'n enwog ac yn gyfoethog ar un adeg, ond y fforest yw fy lle i bellach. Fan hyn mae fy nhynged.'

Llithrodd llygaid Glyn heibio i'r toriad papur newydd. Yn sydyn, fferrodd.

Roedd yna un llun oedd yn wahanol iawn i'r gweddill. Print du a gwyn, henffasiwn. Torlun pren o adeilad oedd yn gyfarwydd iawn i Glyn. Y twr sgwâr, y grisiau troellog yn pwyntio i'r awyr fel bys marmor du. Ie, dyma dŵr ei hunllef . . .

7

Y llais

'Y llun 'na,' sibrydodd Glyn. 'Ydy hwnna wedi dod o un o'ch ffilmiau chi?'

'Na. Pam wyt ti'n gofyn?'

'Dydw i ddim yn siŵr,' atebodd Glyn.

'Wyt, mi rwyt ti'n gwybod yn iawn. Dwed wrtha i. Wyt ti wedi gweld hwnna o'r blaen?'

'Do. Hynny yw, naddo. Dim ond mewn breuddwyd.'

'Wyt ti wedi bod yn breuddwydio am y Cloc Tynged?' gofynnodd Marta mewn llais rhyfedd.

Y Cloc Tynged? Tynged oedd y gair a welsai ar sgrin cyfrifiadur Ewythr Karl. Pan oedd e wedi ceisio diffodd y sgrin. Ac roedd Marta newydd sôn wrtho mai yn y fforest roedd ei thynged hi.

Syllodd Glyn ar yr hen ddarlun o'r tŵr oedd bellach yn gyfarwydd iddo. Cofiodd y marmor du llyfn, y grisiau a ymestynnai am byth . . . y muriau'n cau'n glòs amdano.

Roedd y sefyllfa'n hurt bost. Breuddwyd oedd y cyfan.

'O ble daeth yr enw Cloc Tynged?' gofynnodd yn sydyn.

'Am mai dyna'n union yw e. Dim cloc cyffredin yw e,' eglurodd Marta. 'Yr hyn sydd y tu mewn i'r cloc sy'n ei wneud yn un mor . . . arbennig.'

'A rydych chi wedi bod yn y cloc?' Cofiodd grafangu ar y muriau llyfn, oer. Dim ffordd ymlaen. Dim troi'n ôl. Dim dianc.

'O na,' chwarddodd yr hen wraig yn oeraidd. 'Does neb wedi gweld y Cloc Tynged ers cannoedd o flynyddoedd. Neb ar wahân i ti, wrth gwrs.'

'Breuddwydio am y cloc wnes i. Dyna i gyd. Dim ond breuddwydio amdano,' meddai Glyn gan deimlo'r persawr a'r gwres yn ei lethu.

'Breuddwyd ddwedest ti? Dim ond breuddwyd? Weithiau mae mwy o wirionedd mewn breuddwyd nag y tybiet ti.' Gafaelodd yn dynn yn ei fraich. 'Mae'n rhaid i ti ddweud y cyfan wrtha i.'

'Dylen i fod yn troi tua thre. Wir,' protestiodd Glyn.

'Y cyfan, ddwedes i. Rwy am glywed y cyfan.'

Yn sydyn, clywodd Glyn sŵn tician uchel yn llenwi ei ben. Gan ddechrau'n dawel, cynyddodd y sŵn nes ei fod yn ffusto y tu ôl i'w lygaid. Gwasgodd Glyn ei ddwylo dros ei glustiau.

Camodd yr hen wraig yn ôl.

'Helpa fi,' meddai'r llais ym mhen Glyn. 'Rhaid i ti fy helpu i!'

Llais hen ddyn oedd e. Llais gwan hen ddyn musgrell, ac roedd e'n siarad y tu mewn i ben Glyn.

Ac yna distawrwydd. Stopiodd y llais mor sydyn ag y dechreuodd.

'Wyt ti'n iawn, Glyn?' gofynnodd Marta gan ei ysgwyd yn chwyrn. 'Ateb, grwt.'

'Ydw. Rwy'n credu 'mod i'n iawn nawr, diolch.'

Gadawodd Glyn i'r wraig ei arwain at gadair. Eisteddodd hi gyferbyn ag ef, ei dwylo esgyrnog wedi'u plethu ar ei glin.

'Wel, dwed wrtha i beth ddigwyddodd. Rwy am glywed y cyfan.'

'Dydw i ddim yn rhy siŵr.'

'Siŵr? Wrth gwrs dy fod ti'n siŵr. Neu dod yma i chwarae triciau ar hen wraig unig wnest ti?'

'Na, does dim tric. Rwy'n credu 'mod i wedi clywed rhywun yn siarad Y TU MEWN I 'MHEN.'

'Siarad y tu mewn i dy ben? A'r peth nesaf wyt ti am ddweud yw na chlywest ti erioed mo'r chwedl. Hy! Erioed wedi clywed am y Cloc Tynged ac yna'n clywed lleisiau yn dy ben!'

'Ar fy ngair, Miss Marta. Chlywes i erioed am y Cloc Tynged cyn heddiw. A chi ddangosodd y llun i mi a dweud yr enw wrtho i.'

'Rwy'n digwydd dy gredu, fachgen,' meddai, gan wthio ei hwyneb mor agos ato nes ei fod ar fin tagu yng ngwynt y colur a'r hen bersawr. 'Rown i'n gwybod y gwelen i'r diwrnod hwn yn dod. Rywdro. Pan fydd y cloc yn dial ar bobl.'

A'm helpo, meddyliodd Glyn. Sut yn y byd

mawr fedra i ddianc rhag y wrach hon, hen wraig hanner call sydd wedi fy nghloi yn ei thŷ?

'Nid cloc arferol yw'r Cloc Tynged, Glyn,' eglurodd. 'Pwrpas cloc arferol yw mesur a chofnodi amser. Ond mae i'r Cloc Tynged bwrpas hollol wahanol.'

'Oes wir?' Ceisiodd Glyn ei orau glas i fod yn boléit. Roedd hi fel petai'n adrodd rhan o sgript un o'i ffilmiau.

'*Rheoli* amser yw pwrpas y Cloc Tynged.'

Dechreuodd Wolf riddfan yn isel yn ei wddf. Tyfodd y griddfan nes troi'n chwiban uchel. Teimlai Glyn y croen gŵydd yn codi ar ei freichiau.

'O'r diwedd. Mae'r tecell wedi berwi. Mi fydda i'n ôl toc.'

Wedi i'r hen wraig ddiflannu i'r gegin, symudodd Glyn at y silff-ben-tân er mwyn cael gweld teitlau'r llyfrau a safai yno fel rhes o filwyr. Chwedlau. Chwedlau bob un.

Daeth yr hen wraig yn ei hôl ac estyn paned o goffi berwedig i Glyn.

'Nawr rwyt ti'n deall pam y cest ti a dy barsel y fath groeso.'

'Y parsel?'

'Ie. Y coffi yn y tun.'

'Ond roedd e'n dweud PWYSIG ar y pecyn.'

'Roedd ei gynnwys yn bwysig iawn iawn i fi! Dydw i werth dim heb fy nghoffi.'

Felly doedd dim byd sinistr yn y pecyn wedi'r

cyfan. Hen wraig ryfedd efallai, a fu ar un adeg yn seren y ffilmiau, ond a oedd bellach yn hagr dan ei cholur trwchus. Ond hen wraig ddiniwed.

'Fyddech chi'n fodlon dweud hanes y Cloc wrtha i rywdro?' gofynnodd Glyn.

'Mi wna i fwy na hynny i ti, 'machgen i. Mi ro i fenthyg y chwedl i ti a chei di ei darllen hi drosot dy hun.'

Gafaelodd mewn llyfr o'r silff-ben-tân.

'Dyma ti.' Syllodd Glyn ar y teitl. 'Chwedl y Cloc Tynged.' Dechreuodd ddarllen.

8

Chwedl y Cloc Tynged

Un tro, amser maith, maith yn ôl, roedd Rheinhart y Rhifddewin yn byw yn nheyrnas Alpenfalz. Roedd yn ddewin arbennig o glyfar a gwybodaeth anhygoel a grymoedd y tu hwnt i ddeall ganddo. Gwyddai holl gyfrinachau rhifau a nerthoedd cudd daear, awyr, dŵr a thân. Glynai hudoliaeth wrtho fel clogyn trwm.

Fel pob dewin, roedd gan Rheinhart brentis i'w helpu gyda'i waith. Daethai'r prentis, Guri, o wlad bell, ac er nad oedd ganddo rymoedd hud ei feistr, roedd yn llawer mwy doeth nag ef.

Tywysog oedd yn rheoli Alpenfalz, teyrnas fechan, gyfoethog, ac fe gododd balas ysblennydd iddo'i hun yn Oberdorf. Ei fwriad oedd llenwi ei gartref brenhinol â rhyfeddodau lu a fyddai'n gwneud i'r teyrnasoedd eraill i gyd deimlo'n eiddigeddus.

Aeth at Rheinhart i ofyn am help. Yn ei dro, addawodd y tywysog diolchgar unrhyw beth a fynnai'r dewin. Roedd yr awyr o gwmpas y lle yn drwm gan hud.

Teithiai pobl o bell ac agos i weld dyfeisiadau

41

diweddaraf Rheinhart: peiriant hedfan, gardd yn arnofio, peli tanllyd i oleuo pob ystafell a rhaeadrau na fyddent yn pallu llifo nac ychwaith yn rhewi.

I'r tywysog, rhyfeddodau i greu'r syndod pennaf oedd y rhain oll; ond i'r dewin, roedden nhw'n arwydd o'i alluoedd anhygoel a'i feistrolaeth dros yr elfennau.

Yna, un diwrnod, daeth ffermwr tlawd â charreg ryfedd at Rheinhart, carreg oedd, yn ôl yr hanes, wedi disgyn o'r awyr. Honnai'r ffermwr fod gan y crisial yn ei law y gallu i wneud i hedyn bach dyfu'n binwydden gref mewn amrantiad.

Ac felly yr aeth y dewin ati i roi ei holl sylw i *amser*, a dechreuodd pethau fynd o le.

Aeth Rheinhart ati i daflu hud fyddai'n chwyddo a rheoli grymoedd y crisial ddisgynnodd o'r awyr. Gwnaeth i Guri, ei brentis, addo na fyddai'n rhannu'r gyfrinach ag un dyn byw. Doedd y tywysog, hyd yn oed, ddim yn gwybod beth oedd ym meddwl ei ddewin.

Er na thorrodd Guri ei air, teimlai fod cynlluniau ei feistr yn beryglus ac annoeth.

'Ddylech chi fod yn gweithio gyda rhywbeth nad ydych yn ei ddeall yn iawn, meistr?' gofynnodd.

Ond thalodd Rheinhart ddim sylw iddo.

'Mae fy hud i'n ddigon cryf i ddofi'r grymoedd mwyaf sy'n bod,' atebodd. 'Bywyd caled yw bywyd pobl Alpenfalz. Eu llafur nhw sy'n talu am fywyd bras y tywysog ac, yn y pen draw, am fy nghreadigaethau hudol i. Y peth lleiaf y gallwn ni'n dau ei wneud iddyn nhw yw plygu ewyllys y crisial a lleddfu eu bywydau diflas.'

Er gwaethaf y geiriau doeth, roedd Guri'n ofni mai gwir reswm ei feistr oedd i brofi ei hun yn ddewin mwy deallus na'r un a welodd y byd erioed.

'Rwy'n mynd i godi tŵr cloc—addurn fydd yn deilwng i fod yn gartref i'r crisial hwn,' eglurodd Rheinhart. 'Ond nid cloc cyffredin fydd e. Bydd y cloc hud hwn yn fy ngalluogi i i reoli amser. Bydd oriau gwaith y bobl yn gwibio heibio mewn eiliad, ond bydd eu cyfnodau o hamdden a hapusrwydd fel petaent yn para byth. Cloc Cyfle fydd hwn i mi!'

'Rheoli amser?' protestiodd Guri. 'Amhosibl! All neb wneud hynny! Y cyfan yw amser yw dull o fesur a yw rhywbeth yn y gorffennol, y presennol neu'r dyfodol.'

'Twt twt, Guri, ddysgest ti ddim gen i? Rwyt ti'n gwneud camgymeriad mawr. Gyda'r crisial hwn a'm hud cryfaf i, gallaf wneud y gorffennol yn bresennol, y dyfodol yn orffennol—fel y mynnaf. Bydd y gallu gen i i gyflymu neu i arafu amser yn ôl fy mympwy fy hun.'

Aeth Guri ymlaen i ddadlau â'i feistr. Gwelai ef mor beryglus y gallai fod i weithio gyda'r hyn na ddeallai neb mohono. Ond ei ddiystyru wnâi'r dewin balch bob tro.

43

'Dyna ddigon!' meddai'n chwyrn. 'Cofia mai fi yw'r meistr ac mai gwas yn unig wyt ti.'

Dechreuodd y gwaith. Gwnaeth Rheinhart gynlluniau manwl ar gyfer twr marmor fyddai'n gartref i'r crisial. Dechreuodd wau'r hud a fyddai'n rheoli'r garreg ryfeddol, a gyda hyn, yn rheoli amser ei hun.

Gan ddilyn cyfarwyddiadau ei feistr yn fanwl, fanwl, trefnodd Guri godi'r twr tal, du yn y fforest ar y mynydd y tu ôl i'r palas brenhinol. Gosodwyd sgrin uchel yn ei lle fel na fedrai unrhyw un weld y gwaith oedd yn mynd yn ei flaen yn y dirgel.

Pan ddaeth diwrnod y dadorchuddio, heidiodd pobl yn eu cannoedd o bob cwr o'r wlad i Oberdorf. Roedd pob un yn awyddus i weld y rhyfeddod newydd y bu cymaint o sôn amdano. Ac ar flaen y dorf, yn llawn cyffro, eisteddai'r tywysog a'i dywysoges.

Safodd Rheinhart o'i flaen, cododd ei freichiau ac yna cyhoeddodd,

'I chi, eich Mawrhydi, fe gyflwynaf y Cloc Cyfle.'

Ar y gair, tynnodd Guri ar y rhaff a disgynnodd y cynfas sidan gwyn, talach na'r hwyl dalaf a welwyd erioed, i'r llawr o'i flaen.

Cerddodd ias o syndod drwy'r gynulleidfa wrth i'r twr ddod i'r golwg o'u blaenau. Edrychai fel petai'n pwyntio bys cyhuddgar o farmor du i'r awyr.

Rhyfeddai pawb at y gwaith carreg cain ar y

grisiau troellog, y cerfio addurniedig ar y tŵr ac ar wynebau amrywiol y cloc. Ond beth oedd ei bwrpas? Ble oedd yr hud?

'Y gragen allanol yn unig welwch chi,' eglurodd Rheinhart. 'Yng nghalon y peth mae'r gwir ryfeddod. Bydd hwnnw'n rheoli amser yn ôl fy newis i. Bydd y gaeafau'n fyr a'r hafau'n hir. Bydd yr amserau anodd yn rhan o'r gorffennol. O heddiw ymlaen, fe wnaf i'n siŵr mai dim ond amserau da fydd yn wynebu pawb.'

Wrth i floedd o longyfarch atseinio drwy'r fforest, trodd Rheinhart i osod cledr ei law yn erbyn darn o'r marmor ar ochr y tŵr . . . a digwyddodd affliw o ddim.

Yna, heb rybudd o fath yn y byd, tasgodd cawod o wreichion o rywle a llenwyd yr awyr â sŵn hud. Taflwyd y dewin am yn ôl, ei wep o orfoledd yn troi'n arswyd pur.

DONG! Canodd y gloch ei chnul, yn fyddarol o uchel. Arswydodd ceffylau'r tywysog a gweryru'n wyllt.

DONG! Yn eu dychryn, glynodd y bobl at ei gilydd.

DONG! Fel islais i'r sŵn hwn roedd un arall i'w glywed. Dôi o ddyfnder gwddf, fel chwerthiniad bwystfil . . . bwystfil rheibus.

Roedd rhywbeth o'i le. Rhywbeth mawr o'i le. Pa mor aml bynnag y pwysai Rheinhart ei law yn erbyn y marmor, doedd gan y Cloc ddim bwriad ufuddhau iddo.

'Beth yn y byd sy'n digwydd fan hyn?' mynnodd y tywysog.

Chafodd Rheinhart ddim cyfle i ateb.

'FI SY'N DIGWYDD,' atebodd y llais o ddyfnder y cloc. 'FI SY'N RHEOLI'R TYMHORAU, Y TRAI A'R LLANW, YR HAUL A'R LLEUAD . . .'

Roedd y cloc yn siarad! Roedd ganddo lais. Mae'n siŵr na fedrai galluoedd y dewin hyd yn oed greu hud fel hyn! Ac am lais! Llais na chlywodd neb mo'i debyg erioed o'r blaen. Yn creu dychryn. Ond yn hollol hypnotig. Gwrandawodd y dorf ar bob gair.

Syrthiodd y dewin ar ei liniau a ffustodd yn orffwyll ar ochrau'r cloc.

'Peidiwch, peidiwch, PEIDIWCH!' ymbiliodd. Ond doedd neb na dim yn mynd i roi taw ar y teclyn hwn.

'CHI GREADURIAID TRUENUS,' rhuodd. 'OEDDECH CHI WIR YN DDIGON DWL I GREDU Y MEDRECH CHI FY RHEOLI I? FI SY'N RHEOLI AMSER A'R GÊMAU RYDYN NI'N EU CHWARAE.'

'Eglurwch eich hun, ddyn,' bloeddiodd y tywysog uwchben y sŵn. 'Sut yn y byd y gall peiriant siarad? Eglurwch, da chi!'

'NID Y LLIPRYN HWN SYDD WEDI FY NGHREU I,' aeth y cloc yn ei flaen. 'EFALLAI EI FOD WEDI FY NGHARCHARU YN Y BEDD MARMOR HWN OND MAE EI HUD A'I RIFYDDEG A'I BEIRIANNAU WEDI

CRYFHAU FY NGRYMOEDD I. CHWARAE PLANT YN UNIG YW'R GALLU I SIARAD O'I GYMHARU Â'R HOLL BETHAU Y GALLAF I EU GWNEUD . . .'

Ac wrth i'r llais fynd yn ei flaen, dechreuodd lluwchwynt rhewllyd chwythu. Chwibanai drwy'r fforest ac o amgylch y tŵr, gan lapio popeth mewn blanced claerwyn, trwchus.

Trodd Rheinhart at y tywysog, a'i wyneb yn welw.

'Nid dyma oedd fy amcan, Eich Mawrhydi. Rhaid i chi gredu hynny,' ymbiliodd y dewin.

'DY AMCAN DI? FY AMCANION I SY'N CYFRIF ERBYN HYN,' atebodd y cloc.

Swatiai'r gynulleidfa, wedi dychryn yn llwyr, gan ofni y byddai'r cloc neu'r crisial o'r awyr am gosbi pawb oedd wedi casglu yn y llecyn. A wyddai neb at bwy y byddai'n troi ei gynddaredd nesaf.

'TI, RHEINHART, Y RHACSYN SYDD WEDI CEISIO FY RHEOLI I. DY GOSB DI AM FENTRO RHYFYGU YN Y FATH FODD FYDD BYW AM BYTH . . .'

Ochneidiodd y dyrfa. Cosb? Byw am byth? Syllodd Rheinhart yn syn arno. Nid cosb oedd cael byw am byth. Gwobr fyddai hynny.

'A TI, GURI,' meddai'r llais annaearol. 'FE DDEALLAIST TI FFOLINEB DY FEISTR O'R DECHRAU. RWY'N FODLON ADDO NA FYDD UNRHYW NIWED YN DIGWYDD I TI

OND I TI ADAEL Y DEYRNAS HON AM
BYTH. OND OS DIGWYDD I TI NEU
UNRHYW AELOD O DY DEULU FENTRO'N
ÔL FE GEWCH WYNEBU'R UN DYNGED
Â'R GWEDDILL SYDD YMA HEDDIW.'

Disgynnodd tawelwch llethol wrth i'r dorf aros
i glywed eu ffawd.

'SUT FEIDDIECH CHI GREDU EICH BOD
CHI'N GALLU FY RHEOLI I? A'R CYFAN ER
MWYN EICH PLESERAU DIBWYS CHI? FE
GEWCH Y GOSB EITHAF OLL . . . BYD LLE
NAD OES I AMSER UNRHYW REOL NA
RHESWM. OND PA BRYD Y BYDD HYN YN
DIGWYDD? MEWN AWR, MEWN WYTHNOS,
MEWN MIL O FLYNYDDOEDD? FI YN UNIG
SY'N GWYBOD. BYDDWCH YN TREULIO
GWEDDILL EICH BYWYDAU PITW YN
DYFALU AI HON FYDD EICH EILIAD OLAF
AR Y DDAEAR . . .' ac atseiniodd ei eiriau drwy
bob coeden yn y fforest.

Wrth i'r cloc ddistewi o'r diwedd, torrodd llais
dyn ar draws y tawelwch.

'Beth wyt ti wedi'i wneud i ni, Rheinhart?'

'Pam wyt ti'n cael byw am byth tra bo'r
gweddill ohonom yn gorfod byw mewn ofn a
dychryn?' holodd llais arall.

'Rwyt ti wedi difetha bywydau pob un ohonom,'
meddai'r llall.

'Cloc Cyfle?' llefodd y tywysog. 'Cloc Tynged
wyt ti wedi ei greu i ni.'

Ac wrth i'r dorf achwyn am eu ffawd, bu'n rhaid iddyn nhw wylio'r olygfa ryfeddaf o flaen eu llygaid. Dechreuodd y coed o bobtu'r tŵr dyfu. Cododd gwreiddiau fel nadredd o'r ddaear, a thasgodd llwyni drain o'r pridd. Ai rhagflas oedd hwn o'r hyn y medrai pawb ei ddisgwyl am weddill eu hoes?

Erbyn i'r dyrfa orffwyll redeg i waelod y mynydd, roedd yr adeilad wedi'i orchuddio'n llwyr gan y gwyrddni. Doedd hyd yn oed pigyn uchaf y tŵr ddim i'w weld yn sbecian drwy'r coed.

A phan gyrhaeddodd y tywysog a'i wraig eu cartref, bu'n rhaid i'r ddau wylio'r adeilad hardd yn troi'n llwch mân o flaen eu llygaid. Mewn llai nag eiliad, roedd wedi adfeilio filiwn o flynyddoedd.

A Guri? Diflannodd ef o'r deyrnas am byth. Welodd neb mohono wedyn.

A beth am Rheinhart y dewin? Mae e'n dal yn fyw. Ni allai hyd yn oed ei hud cryfaf dorri melltith y Cloc Tynged. Mae e'n dal i fyw ei gosb—cael byw am byth, yn ei guddfan; ac yno y caiff aros, am ganrif neu am ddeg canrif. Oherwydd fe anghofiodd un wers bwysig: bod dyn yn gaeth i amser, nid bod amser yn gaeth i ddyn.

9

Mewn magl

Caeodd Glyn y llyfr ac edrychodd eto ar y clawr. Cyhoeddodd y llythrennau aur:

CHWEDLAU A MYTHAU LLEOL

Sylwodd bod yr hen wraig yn ei wylio'n ofalus. 'Wel?' gofynnodd.

'Stori. Stori am gloc. Dyna i gyd,' atebodd Glyn.

'Dyna'r oll sydd gen ti i'w ddweud?' meddai'r hen wraig yn siomedig. 'Rwyt ti'n breuddwydio am dŵr cloc. Mae'r freuddwyd mor glir fel dy fod yn adnabod y tŵr mewn hen, hen lun. Mae'r cloc yn dy freuddwyd yn siarad. Rhaid i ti gytuno nad yw hynny'n digwydd bob dydd . . .'

'Falle bod Dad wedi dweud y stori wrtha i rywdro. Mae Dad yn dod o Oberdorf. Efallai 'mod i wedi anghofio am y chwedl nes cyrraedd y lle ac wedyn . . .'

'A sut fyddet ti'n egluro'r llais yn dy ben?'

'Fedra i ddim,' cyfaddefodd Glyn.

Cododd Marta o'i chadair. 'Fe rois i'r gorau i yrfa lwyddiannus iawn ym myd y ffilmiau a rhoi fy holl amser i astudio chwedlau'r fforest rwy'n byw ynddi. Cred ti fi, Glyn bach, nid stori'n unig yw'r Cloc Tynged. Mae'n bod go iawn.'

'O'r gorau,' cytunodd Glyn, oedd newydd feddwl am rywbeth. 'Hyd yn oed os yw'r stori'n wir, ddaeth hi ddim yn wir, do fe? Go brin bod unrhyw un yn yr ardal yn ofni'r Cloc erbyn hyn.'

'Cof byr sydd gan bobl, Glyn. A dyna rywbeth na feddyliodd y Cloc amdano. Efallai bod cannoedd o flynyddoedd yn ddim i'r Cloc, ond i ni mae'n sawl cenhedlaeth.'

'Ble mae e? Y Cloc rhyfedd 'ma?'

'Allan yn y fforest—yn rhywle. Yn cuddio yng nghanol y coed. Mae'n aros. Yn aros am rywun. Rydw i wedi treulio hanner fy oes yn chwilio, a hynny'n ofer.'

'Mae'n rhyfedd meddwl na fyddai rhywun wedi dod o hyd iddo, hyd yn oed ar ddamwain.'

'Efallai nad oedd y Cloc am i unrhyw un ddod o hyd iddo tan nawr.'

'Tan nawr? Beth mae hynny'n feddwl?' Beth oedd ar ei ben yn gwrando ar wrach wallgof yn hel rhyw straeon fel hyn? Penderfynodd Glyn ei bod yn hen bryd iddo adael . . . ei gadael hi a'r caban llawn arogl persawr sur.

'Rhaid i mi fynd,' meddai. 'Diolch am y coffi.'

'I ti mae'r diolch am y coffi, cofia,'atebodd. 'Gobeithio nad ydw i wedi codi ofn heb eisiau arnat ti, ond mae'n deg i ti fod yn barod i wynebu'r hyn allai fod o dy flaen.'

Er ei fod yn ysu i gael gwybod beth allai hynny fod, doedd Glyn ddim eisiau treulio rhagor o amser yn ei chwmni. Doedd dim dal beth feddyliai hi amdano nesaf!

'Ydy, debyg. Diolch eto,' petrusodd Glyn.

'Cofia di, ar yr awr na thybiech . . .'

Clymodd Glyn y tennyn am goler Wolf a chamodd y ddau allan i'r rhew-wynt a'r eira.

'Cymer ofal,' galwodd Marta ar ei ôl. 'Cadwa ar y llwybr a gofala beidio aros nes dy fod yn cyrraedd tŷ Karl ac Ingrid.'

'Iawn. Diolch eto,' atebodd Glyn.

'A cofia alw i 'ngweld i pan fydd y tywydd wedi gwella.'

'Dim gobaith,' meddai Glyn wrtho'i hun wrth ddiflannu i dywyllwch y coed.

Beth oedd yn bod ar Wolf nawr? Roedd e'n ymddwyn yn rhyfedd iawn. Bob hyn a hyn byddai'n tynnu Glyn i'r naill ochr neu'r llall, yn noethi ei ddannedd ac yna'n mynd yn ei flaen. Roedd y tawelwch yn llethol. Yr eira'n lladd pob smic o sŵn.

'Ti'n siŵr o dy ffordd, gi?' holodd Glyn yn nerfus.

Udo truenus oedd ateb Wolf . . . a rhuthro'n wyllt i'r drysi gan lusgo Glyn ar ei ôl.

'Pwylla, er mwyn dyn,' galwodd Glyn yn flin arno. Ond hyrddio yn ei flaen wnaeth y creadur, fel petai'n gwrando ar lais na fedrai Glyn mo'i glywed. 'Pwylla, gi, plîs. Fedra i ddim . . .'

Cydiodd ei droed yn sydyn mewn gwreiddyn. Llefodd wrth deimlo'i hun yn cael ei daflu drwy'r awyr. Glaniodd ar yr iâ â chlep. Llaciodd ei afael ar y tennyn.

'Wolf, Wolf! Dere'n ôl,' ymbiliodd Glyn. Ond roedd Wolf wedi blasu rhyddid a gwyliodd y bachgen ef yn diflannu i ddyfnderoedd y fforest.

Crynodd wrth geisio codi. Roedd ar goll yn llwyr. Doedd y map na'r cwmpawd yn fawr o werth iddo fan hyn. Ceisiodd ymresymu ag ef ei hun. Ond i mi ddal i fynd am i lawr, rwy'n siŵr o ddod at y pentref—rhywbryd.

Ond doedd 'na ddim sôn am lwybr. Ac roedd y fforest fel petai'n cau yn dynnach ac yn dynnach amdano.

Tyfai'r coed mor agos at ei gilydd nes gorfodi Glyn, mewn ambell fan, i droi ar ei ochr i wasgu ei ffordd rhyngddynt. Rhwygai nodwyddau'r pinwydd ei wyneb, crafangai'r drain yn ei ddillad a baglai ar draws y gwreiddiau . . . ond aeth yn ei flaen. Roedd hyn yn union fel ei hunllef.

Dechreuodd ddychmygu'r llygaid mileinig melyn yn ei wylio. Oedd 'na fleiddiaid yn y fforest, tybed? Curai ei galon fel gordd. Teimlai fel petai rhywun yn tywallt dŵr oer ar hyd ei gefn er ei fod yn boeth fel twymyn. Prin y gallai weld drwy'r chwys a fyrlymai ar hyd ei wyneb.

Ymlaen ac ymlaen yr aeth. Dro ar ôl tro, ceisiodd y drain rwygo ei ddillad oddi amdano a chafodd ei hun yn brwydro yn erbyn rhaffau o eiddew a groesai ei lwybr . . . nes iddo gyrraedd man lle na allai fynd yn ôl nac ymlaen.

Llwyddodd i ryddhau ei fag o'i gefn a chwilota ynddo am ei dortsh. Anelodd y golau at y canghennau, at y pridd, at y llwyni. Doedd dim dihangfa.

'Ond mae'n rhaid i mi ddianc,' meddai'n uchel, gan ddychryn wrth glywed ei lais ei hun yn tarfu ar y tawelwch. Pam, pam na fyddai wedi aros yn y tŷ? Pam y bu'n rhaid iddo fusnesa a mynd â'r pecyn at Marta?

Doedd neb yn gwybod lle'r oedd e. Fyddai neb yn gallu dod o hyd iddo. Cyfeiriodd ei olau at y gwyrddni a hoeliwyd ei sylw gan rywbeth rhyfedd iawn. Lle bynnag y fflachiai ei dortsh, tasgai'r golau oddi ar fonion y coed ac allan i'r pellter tywyll . . . ond mewn un lle, taflwyd y llewyrch yn ôl ato, dro ar ôl tro. Roedd rhywbeth yn disgleirio arno.

Estynnodd Glyn ei fraich yn ofalus cyn belled ag y gallai drwy'r drysni—gan hanner disgwyl teimlo dannedd miniog blaidd yn treiddio drwy ei groen cynnes.

Doedd dim blaidd . . . ond roedd yr hyn y cyffyrddodd Glyn ynddo yn taro milwaith mwy o ofn yn ei galon.

Rhywbeth oer, caled a llyfn. Gwyddai ar amrantiad beth oedd dan ei law. Roedd wedi ei gyffwrdd unwaith o'r blaen, yn ei hunllef. Oedd e wedi dod o hyd i'r Cloc Tynged?

10

Marmor du

Ceisiodd Glyn dynnu ei law yn ôl. Fedrai e ddim. Roedd hi wedi glynu fel gelen at y marmor oer. Ac yn waeth na hynny, wrth iddo sefyll fel delw yn ei unfan, dechreuodd y garreg ddirgrynu.

Na, fedrai hyn ddim bod . . . fedrai e ddim bod. Iawn, efallai bod 'na hen dŵr cloc rywle ym mherfeddion y fforest ond doedd dim byd i awgrymu bod gweddill y chwedl yn wir.

Yn sydyn, cofiodd Glyn sut yr oedd Rheinhart wedi gosod 'cledr ei law yn erbyn darn o'r marmor ar ochr y tŵr . . .' Cyffyrddiad ei law yntau oedd wedi dechrau'r Cloc Tynged.

Wrth iddo rewi yn ei unfan, sylweddolodd Glyn bod rhywbeth arall yn digwydd hefyd. Clywodd sŵn trwst a chynhesodd y marmor fymryn.

Saethodd ei law oddi ar y garreg. Nid dychmygu wnaeth e. Roedd y marmor wedi dechrau cynhesu. Rhwbiodd ei fysedd. Roedden nhw'n wlyb ac yn boenus gan oerfel, ond o leiaf roedd e'n rhydd. Gallai ddianc . . . er gwaetha'r drain a'r drysi.

Y drain a'r drysi? Roedd y rheiny'n lleihau

fesul eiliad, yn dychwelyd i'w cartrefi dan y ddaear oer. O gam i gam roedd llawr y fforest yn cael ei glirio fel petai popeth arno'n tyfu am yn ôl.

Am y tro cyntaf ers i Wolf ei adael ar ei ben ei hun, gallai Glyn weld yr awyr. Fel y drysi a'r drain ar y llawr, roedd cangau'r coed yn crebachu. Ac roedd y coed eu hunain yn mynd yn llai ac yn llai wrth iddo wylio'n syn.

Heb feiddio symud gewyn, safodd Glyn i wylio'r fforest yn datgelu'r hyn yr oedd wedi ei gadw'n gyfrinach dros yr holl flynyddoedd. Safai mewn llannerch. O'i flaen, safai tŵr cloc. Edrychai fel petai'n pwyntio bys cyhuddgar o farmor du i'r awyr.

Dyma dŵr ei hunllef, y tŵr yn y llun yng nghaban Marta. Hwn oedd tŵr marmor du y chwedl. Roedd e wedi dod o hyd i'r Cloc Tynged . . . neu a oedd y Cloc Tynged wedi dod o hyd iddo fe?

Gafaelai'r ofn yn dynn ynddo. Teimlai ei fod ar fin chwydu. Chwydu mewn ofn.

Torrwyd ar draws distawrwydd y llecyn gan glychau. Gwasgodd Glyn ei ddwylo dros ei glustiau. Ac yna, o galon y sŵn byddarol, clywodd y llais annaearol o'i hunllef. Yn wan i ddechrau, cynyddodd nes ei fod yn uwch na sŵn y clychau eu hunain.

'IE, FI YW E. YR UN A ELWIR Y CLOC TYNGED.'

Er gwaethaf ei arswyd, ceisiodd Glyn feddwl am ateb rhesymegol. Roedd ateb i bob peth. Roedd wedi astudio digon o wyddoniaeth yn yr ysgol i fod wedi dysgu hynny. Ateb i bob peth, gan gynnwys hwn. Roedd yn rhaid bod ateb.

Syllodd ar yr adeilad du. Roedd ei addurniadau grymus mor hyll. Crechwenai rhes o ffigurau carreg yn faleisus arno o'u hafan uwch ei ben.

Roedd i'r cloc bedwar wyneb. Ac roedd amser gwahanol ar bob wyneb. Un o'r gloch, pedwar o'r gloch, wyth o'r gloch a deuddeg o'r gloch.

'BETH OEDD YM MHEN Y FFŴL RHEINHART I FEDDWL Y GALLAI FOD YN FEISTR ARNA I? O, MAE'R LLIPRYN WEDI RHOI DIGON O HWYL I MI!' Gwnaeth y llais i Glyn neidio mewn arswyd. 'A TYBED WYT TI'N GWYBOD PWY WYT TI?'

'Glyn. Glyn yw fy enw i,' atebodd y bachgen, yn falch na fedrai ei ffrindiau ei weld yn siarad â thŵr yng nghanol fforest.

'RWYT TI O DRAS GURI, Y DISGYNNYDD CYNTAF O'I DRAS SYDD WEDI MEIDDIO DYCHWELYD I OBERDORF ERS IDDO FFOI, FLYNYDDOEDD MAITH YN ÔL,' ysgyrnygodd y llais. 'GWN I'R EILIAD PRYD Y DOIST TI DROS Y FFIN. I'R EILIAD. AC MAE'N BRYD I TI DALU'R PRIS AM DROEDIO AR Y TIR HWN . . .'

'Does gen i ddim syniad am beth rydych chi'n siarad,' atebodd Glyn.

'. . . AC AR YR UN PRYD BYDDAF YN CREU'R ANHREFN YR ADDEWAIS I. O, BYDD YN HWYL GWYLIO DAWNS EU GORFFWYLLEDD!'

Dyna pryd y gwnaeth Glyn ei benderfyniad. Os oedd y fforest wedi pellhau oddi wrth y cloc, dyna oedd ef am ei wneud hefyd. A hynny heb aros am eiliad arall. Roedd yr hyn oedd yn digwydd o'i flaen yn rhy debyg o lawer i'r hyn oedd yn digwydd yn y chwedl.

Wrth iddo'i hyrddio ei hun o'r llecyn, gallai glywed chwerthiniad y Cloc yn atseinio yn ei glustiau fel cri ynfytyn.

Anhrefn amser

Rhedodd Glyn yn ei flaen yn wyllt, gan osgoi'r coed, neidio dros y rhyd ar draws yr afon oedd yn dadmer yn araf, a llithro dros y cerrig mawrion a'r mieri. Roedd yr eira'n dadleth yn gyflym iawn o'i gwmpas, yn diferu o'r cangau ac yn troi'n llaca dan draed.

Rhaid dianc, meddai wrtho'i hun. Rhaid dianc.

Gorweddai bonyn coeden o'i flaen. Roedd yn rhedeg yn rhy gyflym i aros mewn pryd a llamodd dros y bonyn. Wrth iddo lanio ar y pridd, teimlodd ei figwrn yn ildio dan ei bwysau a'r boen yn peri iddo grio fel cwningen mewn trap. Ond allai e ddim fforddio gorffwys am eiliad. Roedd yn rhaid dianc. Rhaid dianc . . .

Gorweddai bonyn coeden o'i flaen. Roedd yn rhedeg yn rhy gyflym i aros mewn pryd a llamodd dros y bonyn. Wrth iddo lanio ar y pridd, teimlodd ei figwrn yn ildio dan ei bwysau a'r boen yn peri iddo grio fel cwningen mewn trap. Ond allai e ddim fforddio gorffwys am eiliad. Roedd yn rhaid dianc. Rhaid dianc . . .

Gorweddai bonyn coeden o'i flaen . . . 'Na!'

Gyda chryn ymdrech, fe'i gorfododd Glyn ei hun i beidio â neidio drosto. Roedd rhywbeth mawr o'i le. Dyma'r *trydydd* tro iddo ddod ar draws yr un goeden. Roedd amser yn chwarae hen driciau creulon arno fe.

Gan obeithio torri gafael amser arno unwaith ac am byth, cerddodd i ochr arall y bonyn yn lle neidio . . . a dechreuodd redeg eto unwaith yr oedd wedi cyrraedd yr ochr arall yn ddiogel.

Unwaith eto, rhedodd Glyn yn ei flaen yn wyllt, gan osgoi'r coed, neidio dros y rhyd ar draws afon oedd yn dadmer yn araf, a llithro dros y cerrig mawrion a'r mieri. Roedd yr eira'n dadleth yn gyflym iawn o'i gwmpas, yn diferu o'r cangau ac yn troi'n llaca dan ei draed. Ond yn sydyn, dyna nhw o'i flaen! Goleuadau'r pentref yn ei groesawu adre. 'O'r diwedd,' bloeddiodd mewn rhyddhad.

Edrychodd ar ei wats yng ngolau'r tortsh 5:30:10. Dylai fod yn ddiogel yng nghwmni Ewythr Karl a Modryb Ingrid mewn rhyw ddeng munud. Ac o, byddai'n falch o'u gweld! Byddai'n falch hyd yn oed o gwmni'r hen Wolf 'na. Cwmni, bwyd, diod, gwres . . . a bàth!

Roedd y syniad fel petai wedi rhoi egni newydd iddo a dechreuodd eto ar ei daith.

Ymlaen ac ymlaen yr aeth. Yn gyflymach bob eiliad. Ond pa mor gyflym bynnag yr âi, doedd dim golwg bod y pentre'n dod gam yn nes. Doedd e erioed yn rhedeg yn ei unfan?

Edrychodd eto ar ei wats yng ngolau'r tortsh. 5.30.10.

'O, na!' llefodd. Roedd y golau ar ei wats yn fflachio gyda phob eiliad, ond yr un oedd yr ateb bob tro. 10, 10, 10, 10, meddai, yn dôn gron.

A dyna pryd y sylwodd Glyn bod y cloc yn y pentref islaw iddo'n taro'r hanner awr. Roedd y gloch yn atseinio'n ddiddiwedd fel petai'r Cloc Tynged wedi rhewi amser yn llwyr.

Heb wybod beth arall y gallai wneud, dechreuodd Glyn redeg eto. Ei unig obaith oedd y byddai'r Cloc yn blino chwarae'i driciau a'i ryddhau ef. Yn sydyn, diflannodd y golau. Gwych! Os oedd rhywbeth wedi newid, roedd yn arwydd bod amser yn symud unwaith eto.

Rhedodd yn ei flaen, gan ddisgwyl gweld cip ar y pentref. Teimlodd y boen yn ei figwrn a gorffwysodd am ychydig. Teimlai'n well ac aeth yn ei flaen eto, y chwys yn byrlymu fel afon, ei galon yn curo fel gordd.

Roedd y blinder wedi llwyr ddiflannu. Rhedodd Glyn yn ei flaen yn wyllt, gan osgoi'r coed, neidio dros y rhyd ar draws afon oedd yn dadmer yn araf, a llithro dros y cerrig mawrion a'r mieri.

Ond wrth iddo redeg, sylweddolodd Glyn bod rhywbeth mawr o'i le. Oedd, roedd ei galon yn curo fel gordd, ond nid blinder oedd yr achos. Arswyd pur. Roedd rhywbeth wedi digwydd . . . neu ar fin digwydd. Trodd yn ei unfan, ac yno, o'i flaen, safai'r Cloc Tynged.

'O, BYDD YN HWYL GWYLIO DAWNS EU GORFFWYLLEDD!' meddai'r llais am yr eildro.

Roedd Glyn yn ôl yn yr union fan y dechreuodd ei daith. Dyna oedd geiriau olaf y Cloc iddo. Roedd amser wedi rhewi'n gorn. Ond beth allai ef ei wneud?

12

Llais y dewin

Roedd rhywbeth yn wahanol. Roedd yr awyr-gylch wedi newid. Er ei bod yn dywyll a mwll o hyd, doedd 'na ddim bygythiad yn yr awyr bellach. Roedd grymoedd drwg y Cloc Tynged wedi diflannu mor sydyn ag yr oedden nhw wedi ymddangos.

Teimlodd Glyn y rhyddhad yn golchi'n donnau drosto. 'Marmor du yn unig yw e,' meddai'n uchel.

Yn sydyn, llenwodd ei ben â swn llais yn siarad.

'*Se'n dda 'da fi petai hynny'n wir*,' atebodd y llais. '*Se'n dda 'da fi.*' Roedd rhywun neu rywbeth y tu mewn i'w feddwl.

'Pwy ydych chi?' mynnodd Glyn.

'*Fi yw'r ffŵl felltithiodd y lle hwn*,' daeth yr ateb.

'Beth sy'n digwydd i fi? Ydw i'n colli fy synhwyrau i gyd?' holodd Glyn yn druenus.

'*Nac wyt, Glyn Schilling. Mae'n hen bryd i ti glywed y gwirionedd. Fi yw Rheinhart y dewin.*'

Chwarddodd Glyn yn nerfus. 'Rheinhart? Dewin mewn chwedl leol yw e!'

'Fel y Cloc Tynged a'r triciau mae'n ei chwarae gydag amser, rydw innau'n ddigon real hefyd.'

'Os felly, rydych chi'n gannoedd o flynyddoedd oed,' protestiodd Glyn.

'Rwyt ti'n gwybod yn well na neb beth yw'r chwedl. Rhaid i mi fyw am byth bythoedd. Dewin diwerth, diymadferth. Rydw i'n marw, fel pawb arall. Ond all llaw marwolaeth ddim fy nghyffwrdd i. Er fy mod i'n heneiddio o ddydd i ddydd, fedra i ddim marw. Dyna fy nhynged . . . byw am byth. Bod yn hen a methu marw.'

Clywodd Glyn yr ymbil yn y llais cwynfanllyd.

'Rhaid i ti fy helpu i roi terfyn ar y . . . ar y bwystfil hyn a greais i.'

'Fi? Chi'n disgwyl fy help i?'

'Ie, ti. Glywest ti eiriau'r Cloc, yn do? Glywest ti ddim dy fod yn perthyn i Guri? Wyddet ti ddim bod dy fam o dras y Guri hwnnw? Dy bresenoldeb di yn y lle achosodd y storm, a'r rhwyg yn yr awyr, a hynny hefyd wnaeth i'r Cloc ailymddangos . . . a'r anhrefn llwyr sy'n wynebu pobl y lle 'ma.'

'Y fi? Sut oeddwn i i wybod hynny?' gofynnodd Glyn yn flin. Roedd pethau wedi mynd yn rhy bell.

'Dyw dy anwybodaeth di o ddim pwys i'r Cloc Tynged,' atebodd Rheinhart yn sarrug. 'Yr hyn sy'n bwysig yw bod yn rhaid i ti roi taw ar y Cloc cyn iddo fynd yn rhy bell.'

'A sut ydw i i fod i roi stop ar y Cloc? Drwy

dynnu'r batris o'i fol?' Gwyddai Glyn ei fod yn swnio'n haerllug ond roedd wedi hen flino ar y gêm wirion hon.

'*Os na lwyddi di, bydd y triciau mae'r Cloc wedi eu chwarae arnat ti hyd yn hyn fel chwarae plant.*'

'Ond . . .'

'*Bydd blynyddoedd o hapusrwydd yn gwibio heibio fel eiliad,*' aeth y llais yn ei flaen. '*Bydd ennyd o boen yn creu dioddefaint am byth. Bydd y Cloc Tynged yn teyrnasu dros anhrefn, llanastr a distryw.*'

'Chi greodd y sefyllfa,' atebodd Glyn yn chwyrn.

'*Na. Roedd Guri'n iawn, Glyn. Yr hyn greais i oedd tŵr y Cloc a dull o gynyddu grym y crisial— ond nid fi wnaeth y crisial. Disgynnodd hwnnw o'r awyr. Daeth o le arall, o fyd y tu hwnt i'n byd ni. Sut feiddiwn i gredu fy mod i'n gallu rheoli rhywbeth na fedrwn i ddim hyd yn oed ei ddeall? Ond rwyf wedi talu'r pris am fy nghamgymeriad, a thalu'r pris yn llawn hefyd, cred ti fi.*'

Ddywedodd Glyn yr un gair wrtho.

'*Ond os nad wyt yn barod i'w ddifetha er fy mwyn i, Glyn, meddylia am weddill pobl y pentref. Am Ewythr Karl a Modryb Ingrid. Am Marta a . . . Meddylia beth fydd yn digwydd iddyn nhw os byddi di'n troi dy gefn. Mi fydd yn ddiwedd ar bawb.*'

'Pawb ond chi,' atebodd Glyn.

'*Ond os llwyddi di,*' meddai'r llais blinedig, '*bydd y felltith yn diflannu o'r tir a chaf innau fy rhyddhau o'r artaith diddiwedd yma. Tyrd i siarad â mi wyneb yn wyneb, Glyn. Gad i ni gael sgwrs.*'

'Ond ble'r ydych chi?' griddfanodd Glyn.

'*Yn yr un lle ag arfer. Yn fy nghell gudd dan selerau'r palas.*'

'Ond ble mae'r selerau?'

'*Wedi hen fynd, rwy'n ofni.*'

'Felly o dan beth rydych chi nawr?'

'*Dan y ddaear,*' sibrydodd yr hen ddyn.

'A sut ydw i i fod i ddod o hyd i chi?' gofynnodd Glyn yn ei benbleth.

'*Mae 'na ffordd. Mae drws y gell yn . . .*' Peidiodd y llais.

'Rheinhart! Rheinhart!' sgrechiodd Glyn. 'Da chi, dywedwch ble mae'r gell.'

'*. . . lle mae'r Cloc yn pwyntio at naw. Dere, dere mor fuan . . .*' Roedd llais yr hen ddyn yn gwanhau gyda phob gair. '*Rhaid i ni'n dau dorri melltith y Cloc Tynged unwaith ac am byth.*'

Roedd Glyn wedi drysu'n llwyr. 'Lle mae'r Cloc yn pwyntio at naw? Beth yw ystyr hynny?'

Ond hyd yn oed os gwyddai'r ateb, fedrai'r hen ŵr ddim rhannu'r ateb hwnnw â Glyn. Roedd ei lais wedi diflannu'n llwyr.

13

Brwydr yn erbyn amser

Yn oer ac yn ofnus, safai Glyn yn y llannerch yn y fforest, y tŵr o'i flaen fel anghenfil . . . yn ceisio gwneud synnwyr o'r hyn roedd Rheinhart wedi ei ddweud wrtho.

'. . . *lle mae'r Cloc yn pwyntio at naw.*' Beth oedd hynny'n ei feddwl? Doedd yr un o ddwylo'r cloc yn pwyntio at naw, felly doedd dim help o'r cyfeiriad hwnnw. Beth allai e wneud?

Doedd Glyn ddim yn un da am ddatrys posau ar y gorau, ond hwn oedd y pos mwyaf anodd iddo'i wynebu erioed. '. . . *lle mae'r Cloc yn pwyntio at naw.*' Cyfeiriad oedd e! Roedd i fod i ddweud wrth Glyn at ba gyfeiriad i droi.

Dyw clociau ddim yn rhoi cyfeiriadau fel'na, meddyliodd Glyn. Ond dyna mae cwmpawd yn ei wneud! Tynnodd y cwmpawd o'r bag ar ei gefn. Roedd yn edrych 'run fath ag wyneb cloc. Roedd y Gogledd yn syth o'i flaen, lle dylai deuddeg fod. Felly chwech o'r gloch oedd y De, tri o'r gloch oedd y Dwyrain . . . a'r Gorllewin oedd naw o'r gloch.

Pwy ond dewin fyddai'n siarad mewn posau fel

hyn? Pam na fyddai wedi dweud yn syml 'dos i'r Gorllewin'? Roedd Glyn am gadarnhau ei fod wedi deall y cyfarwyddiadau'n iawn ond doedd neb yno fedrai ei ateb.

Dechreuodd Glyn ar ei daith mewn llinell syth o dŵr y cloc. Roedd yn ddigon hawdd cadw at ei gwrs yn y llecyn clir ond doedd hi ddim mor hawdd yn y fforest. Roedd yn rhaid iddo gadw ei lygaid ar y cwmpawd wrth geisio brwydro ei ffordd drwy'r coed.

Parhâi ar ei daith tua'r Gorllewin ond doedd dim sôn am adfail. Gydag amser, dechreuodd y fforest deneuo a'r eira ar lawr fynd yn fwy trwchus.

Yna, wrth i'r dydd droi'n gyfnos, cafodd Glyn gip ar y lleuad drwy'r coed. Tybed beth oedd Ewythr Karl a Modryb Ingrid yn ei feddwl? Fe fydden nhw'n gofidio'n arw amdano, ond roedd pethau pwysicach na'u gofidiau nhw ar ei feddwl. Pethau na fyddai wedi breuddwydio amdanyn nhw erioed.

Cododd ei goler i geisio'i amddiffyn ei hun rhag yr oerfel lem, a lapio'i got yn dynnach amdano. Roedd yr eira oedd wedi dechrau dadmer ynghynt wedi rhewi eto. Wedi chwipio rhewi. Crensiai esgidiau cryfion Glyn drwy'r crystyn tenau ar yr wyneb.

Roedd wedi ymlâdd yn llwyr, roedd ei gorff yn sgrechian am fwyd ac roedd wedi fferru hyd fêr ei esgyrn. Uwch ei ben, ymlithrodd tylluan heibio ar adenydd di-sŵn.

Taflodd gipolwg ar y cwmpawd. O na! meddyliodd. Roedd e'n teithio i'r Gogledd, nid i'r Gorllewin. Ers pryd? Pam na fyddai wedi cadw llygad mwy manwl ar ei gwmpawd?

'Ble yn y byd ydw i?' gofynnodd, gan wybod na fyddai neb yno i'w ateb. Edrychodd ar ei oriawr. Prin y medrai gredu ei lygaid. Am dric creulon! Roedd hi'n naw o'r gloch.

Doedd e erioed wedi teimlo'n fwy unig, yn fwy diymadferth . . . ac yn sicr fyddai e ddim byw i weld y bore os na fedrai ddianc o'r fforest heno.

Cododd ei ben gan bwyntio ei olau o'i flaen. Prin y medrai gredu ei lygaid! Roedd rhywbeth yno! Oedd . . . roedd rhywbeth tebyg i simdde yno o'i flaen.

Rywsut, ac o rywle, cafodd ddigon o egni i'w wthio'i hun ymlaen ychydig gamau . . . digon iddo weld ei fod yn sefyll o flaen caban pren. Efallai nad oedd wedi cael hyd i'r selerau ond o leiaf roedd yma rywle y gallai gysgodi rhag yr oerfel.

Curodd yn betrus ar y drws. Doedd 'na ddim ateb. Curodd eto, a phwysodd ei glust yn erbyn y pren i glywed yn well. Dim gair.

Â'i wynt yn ei ddwrn, cododd y glicied a cherddodd i'r tywyllwch dieithr.

'Hylô?' galwodd.

Dim ond adlais o'i 'hylô' ei hun a gafodd yn ateb, a chan dynnu ei fag o'i gefn, llithrodd i'r llawr.

* * *

Deffrôdd Glyn yn sydyn wrth i haul y bore cynnar lifo i'r ystafell. Am funud neu ddwy, fedrai e gofio dim. Ond yna daeth y cyfan yn ôl ato yn ddarlun clir.

Ni fedrai gredu ei fod wedi cysgu. Ond tybed oedd y cloc wedi chwarae tric creulon arall arno? Oedd y Cloc wedi bod yn chwarae gydag amser eto? Ers pryd oedd e wedi cysgu? Roedd yn rhaid iddo adael y lle . . . ond cyn hynny roedd yn rhaid iddo gael rhywbeth i'w fwyta.

Dechreuodd chwilota drwy'r cypyrddau. Doedd 'na fawr o ddewis, ond o leiaf fe gafodd gracyrs a jam i lenwi'r twll yn ei fol ac fe 'yfodd' lond dwrn o eira gyda nhw.

Mentrodd allan. Roedd y wawr yn dal i dorri ond roedd yn ddigon golau iddo weld olion ei draed yn yr eira gwyn. Gwelodd y fforest yn y pellter—a'r Cloc Tynged yn sefyll yn stond uwch y coed, mewn amlinell yn erbyn yr awyr.

'Wrth gwrs,' meddai Glyn. 'Esgob, rydw i wedi bod yn ffŵl.'

Petai Rheinhart wedi bwriadu iddo fynd tua'r Gorllewin, byddai wedi dweud hynny. Ond wnaeth e ddim.

'. . . *lle mae'r Cloc yn pwyntio at naw.*' Dyna'r oedd yr hen ddyn wedi'i ddweud. '*Mae drws y gell yn y lle mae'r Cloc yn pwyntio at naw.*' Pwyntio oedd y gair allweddol!

Doedd Rheinhart ddim yn cyfeirio at wyneb y cloc o gwbwl. Sôn yr oedd e am gloc haul, cloc cysgod—ac yng nghanol y cysgod hwnnw safai'r Cloc Tynged.

Edrychodd dros y llethrau. Ni allai weld lle roedd diwedd y cysgod, ond gwyddai ei fod bellter i ffwrdd. Os oedd ei theori'n gywir, am naw o'r gloch union byddai'n pwyntio at y drws i siambr danddaearol Rheinhart. Wrth gwrs! Naw o'r gloch y bore oedd ym meddwl yr hen ŵr. Fyddai 'na'r un cysgod yn y nos! Edrychodd ar ei oriawr eto.

Dydy hi ddim yn rhy hwyr, meddyliodd Glyn, a'r syniad yn rhoi penderfyniad newydd iddo. Mae gen i un cyfle arall. Gafaelodd yn ei fag a dechreuodd eto ar ei daith.

Am wyth o'r gloch union, gadawodd y caban oedd wedi rhoi lloches iddo dros nos a mentro allan i'r eira trwchus. Roedd ganddo awr—dim eiliad mwy—i gyrraedd pen draw y cysgod.

Roedd pob cam yn hunllef; llithrai, sglefriai, collai ei afael. Dro ar ôl tro, cododd ei lygaid i edrych ar y Cloc a cheisiodd ei wthio'i hun ymlaen ychydig gamau eto.

Dydw i fymryn nes ati, meddyliodd. Wna i byth gyrraedd pen y daith. Ond yr eiliad nesaf cofiodd bod yn *rhaid* iddo gyrraedd; doedd dim dewis ganddo.

Gan lithro, sglefrio a cholli gafael am yn ail, aeth yn ei flaen yn boenus o araf, yn boenus o ymwybodol bod amser gwerthfawr yn mynd heibio . . .

. . . Deng munud arall . . . Yn sydyn, heb rybudd, diflannodd y ddaear oddi tano. Rholiodd tinben drosben ar hyd llethr serth a glanio ar drac.

Cododd o'r llawr a rhedeg yn ei flaen nes dod ar draws llinell ddu, drwchus. Roedd yn sefyll yng nghysgod y Cloc Tynged.

Sut byddai'r Cloc yn ymateb? A fyddai'n ceisio atal Glyn rhag symud gam ymhellach . . . a llwyddo?

Ac yntau wedi dod mor bell, ac wedi dioddef cymaint, doedd e ddim am roi'r ffidil yn y to nawr. Crafangodd ar hyd y llethr, yn ymwybodol iawn mai eiliadau yn unig oedd ganddo cyn naw o'r gloch.

Am naw o'r gloch union, symudodd cysgod y tŵr ddigon iddo weld craig yn gorwedd o'i flaen.

Yn araf ac yn ffwndrus tynnodd Glyn y cangau marw oedd bron â gorchuddio'r graig. Ond nid craig oedd hi. Yn hytrach, darn o fur carreg. Edrychodd heibio i'r wal a chael ei hun yn syllu ar gysgodion twll dwfn. Fflachiodd ei olau i gyfeiriad y twll du. Arweiniai rhes o risiau dan y ddaear.

'O'r diwedd!' bonllefodd, nes i'r fforest atseinio â grym ei lais.

14

Dan y ddaear

Gan wthio'r gwe pry cop o'i wyneb, dechreuodd Glyn ar y daith hir i lawr y grisiau llaith. Ar y gwaelod, cafodd ei hun mewn coridor cul, carreg. Cerddodd ar ei hyd, gan grynu'n nerfus yn yr oerfel drewllyd. Ar ddiwedd ei daith, daeth at ddrws.

Gafaelodd yn y dwrn haearn trwm. Trodd y ddolen yn ofalus. Gwichiodd y drws cyn agor. Camodd Glyn i mewn, gan chwilio'r lle yn ddyfal yng ngolau ei dortsh.

Ochneidiodd. Teimlai'n siŵr nad hon oedd cell danddaearol Rheinhart. Roedd yn edrych yn debycach i seler i gadw gwin—honglad o le gyda nenfwd uchel, pileri trwchus a rhesi dirifedi o fareli'n gorwedd ar eu hochrau. Ond doedd dim golwg o Rheinhart.

Tywysog yn unig fedrai fforddio cynnal selerau o'r maint hyn, felly mae'n rhaid ei fod wedi dod i'r lle iawn. Ond ble roedd yr hen ddyn?

'Rheinhart,' galwodd. Dim ond ei lais ei hun ddaeth yn ateb. 'Rheinhart,' galwodd eto. A'r un atsain ddaeth yn ôl.

73

Gyda'i dortsh, archwiliodd y seler. Rhaid ei fod yma yn rhywle. Sylwodd ar rywbeth yn sgleinio ar flaen y bareli gwin. Wrth edrych yn fanylach gwelodd mai plât pres oedd pob un, gydag enw a rhif gwahanol bob tro.

'*Hallenfeld: 118*' darllenodd Glyn. Doedd yr enw'n golygu dim iddo. Na'r un nesaf ato, na'r nesaf at hwnnw ychwaith. Ond yna trawyd tant yn ei gof o weld *Waldburg* ac yna *Steinfeld*. Wrth gwrs, dyma'r lleoedd yr oedd wedi teithio trwyddyn nhw ar ei ffordd i Oberdorf.

Ond roedd yr enw nesaf yn newydd iawn: *Hexenmeisterbrau*. Gwenodd Glyn wrth gyfieithu'r gair—Cymysgedd y dewin!

Dan yr enw, yn lle rhif, roedd symbol rhyfedd. Edrychai fel ffigur wyth ar ei ochr.

Dyma'r arwydd ddefnyddid gan y gwyddonwyr i ddynodi anfeidredd. Byth bythoedd—yn union fel cosb Rheinhart. Clyfar iawn, meddyliodd Glyn. Ai dyma guddfan y dewin?

'Rheinhart!' galwodd, gan ffusto ar y baril gwin. 'Wyt ti'n fy nghlywed i?'

Disgleiriodd Glyn ei dortsh ar wyneb y baril. Oedd, roedd pâr o golfachau ar un ochr . . . felly yr ochr arall, dylai fod . . . 'Oes!' meddai Glyn.

Daeth sŵn clic uchel wrth i'r bachyn ddatgloi. Agorodd y drws led y pen a syllodd Glyn i'r twll du o'i flaen.

'Rheinhart?' gofynnodd, yn fwy distaw y tro hwn. Tawelwch.

Oedodd am eiliad. Beth nawr? 'Tyrd o 'na,' meddai wrtho ei hun. 'Alla i ddim rhoi'r gorau iddi nawr.'

Camodd i grombil y baril. Cam arall ac un arall eto.

BANG! Clywodd y drws crwn yn cau ar ei ôl. Neidiodd Glyn yn wyllt a gollyngodd ei dortsh ar y llawr. Diffoddodd y golau.

15

O ddrwg i waeth

Roedd yn dywyll fel y fagddu ym mol y baril. Nid cell gudd oedd hon. Rhaid mai trap oedd y cyfan!

'Rheinhart!' gwaeddodd yn wyllt. Ond ddaeth dim ateb.

Doedd 'na fawr o le i Glyn sefyll yn y baril . . . ond roedd hi'n amlwg bod rhywbeth arall yno hefyd, yn gwmni iddo. Clywodd y pawennau bychain yn crafu'r pren. Rhewodd ei gorff yn ei unfan. Llygod mawr!

Caeodd ei lygaid a dychmygu'r trwynau bach pinc, y blew yn gwingo, y crafangau miniog a'r dannedd mileinig.

Dyna'r sŵn eto: y crafu, crafu, crafu . . . ac yna'r sgrech annaearol yn llenwi'r baril tywyll. Fe oedd e. Fe'i hun oedd yn sgrechian!

Yr eiliad nesaf, gwelodd lygedyn o olau yn y pen pellaf. Symudodd e'r un gewyn.

Agorodd drws a gallai weld amlinelliad yn erbyn y golau gwyrdd gwan y tu ôl i'r ffigwr. Ffigwr tal, hirwallt, yn gwisgo clogyn hir, tywyll.

Camodd Glyn ato, gan wingo yn erbyn y golau.

76

'Rheinhart?' gofynnodd yn swil. Nid dyma'r math o ddyn roedd e wedi ei ddisgwyl. Roedd hwn yn edrych lawer yn iau.

'Ie'n wir,' atebodd. Doedd dim cryndod yn ei lais y tro hwn. 'Dere, Glyn Schilling, dere gyda fi.'

Rhyfeddodd Glyn wrth weld yr olygfa yn y siambr. Goleuwyd pob twll a chornel gan ffagl danllyd. Pwysai byrddau hirion, trwm yn erbyn y waliau, a phob un yn llawn deunydd y dewin— model pres anferth o'r planedau yn cylchdroi'r haul, cloc pendil a pheiriannau anhygoel.

Roedd 'na boteli a sosbenni, pob un wedi ei nodi'n glir. Roedd 'na fwndeli o berlysiau a sachau o sbeis. Crogai crochan dros dân isel, gan anfon cymylau o stêm drwy'r ystafell.

Yn y pen pellaf, mewn agen yn y gwaith carreg, llosgai un fflam unig. Taflai wawr werdd dros y graig y tu ôl iddi.

Yna digwyddodd rhywbeth erchyll. Roedd y gŵr ifanc oedd wedi cyfarch Glyn yn diflannu bob hyn a hyn, ac yn ei le, dro ar ôl tro, safai ffigwr hyll i'w ryfeddu, mewn dillad carpiog: heb wallt, heb ddannedd—a chyn hyned ag amser ei hun.

'Beth sy'n digwydd?' sgrechiodd Glyn.

Cododd yr hen ddyn law grynedig, esgyrnog.

'Does dim angen i ti fy ofni i. Prin bod gen i ddigon o egni i sefyll fan hyn a siarad, heb sôn am wneud drwg i ti.'

A'r un mor sydyn, dychwelodd y ffigwr ifanc.

'Dim digon o egni,' meddai hwnnw hefyd.

Hen. Ifanc. Hen. Ifanc. Fflachiai'r ddau o flaen llygaid anghrediniol Glyn. Roedd y gorffennol a'r presennol yn un o flaen ei lygaid.

'Dyma ddarlun o un sydd wedi'i felltithio i fyw am byth,' meddai. 'Ac mae'r newid ffurf yn dreth ar gorff sydd yn frau iawn, iawn.'

'Y newid ffurf?'

'Rown i am edrych ar fy ngorau i dy groesawu di. Fe wnes i mi fy hun edrych fel yr own i'n edrych pan yn ifanc. Ond rhith yw'r cyfan. Rwyt ti, hyd yn oed, yn gweld hynny.'

'Ond sut?'

'Mae 'na lawer o bethau rwy wedi dysgu fy meddwl i'w gwneud dros y blynyddoedd. Wrth i'r hen gorff fynd yn fwy ac yn fwy llesg, rwyf wedi datblygu f'ymennydd—gyda help fy hud, wrth gwrs. Sut arall fydden i'n gwybod dy fod ti wedi dod 'nôl i'r ardal? Sut arall fydden i wedi gallu mynd tu fewn i dy ben di a deall popeth oedd yn dy feddwl di? Ond dyna ddigon o'r mân siarad. Mae cymaint 'da ni i'w wneud cyn gwaredu'r felltith a elwir y Cloc Tynged.'

'Gyda *ni* i'w wneud? Go brin! Gyda *fi* i'w wneud rydych chi'n feddwl,' atebodd Glyn.

'Dwyt ti erioed yn bwriadu rhoi'r gorau iddi? Ceisia feddwl sut byddai hi arnon ni petai'r Cloc yn cael penrhyddid i redeg yn wyllt. Byddai'r gorffennol, y presennol a'r dyfodol yn un. Un funud yn bili-pala, y funud nesaf yn lindys. Un funud yn fynydd cadarn, y funud nesaf yn llwch ar lawr. Pobl yn marw cyn cael eu geni. Chaiff hyn fyth ddigwydd.'

'Ond beth ydych chi'n ddisgwyl i fi wneud?' holodd Glyn yn ei benbleth.

'Rwyt ti o dras fy mhrentis doeth,' meddai'r dewin yn addfwyn. 'Gyda phen clir a chalon ddewr fe *wnei* di ennill. Gwranda ar fy ngeiriau a gwranda'n astud. Bydd un camgymeriad yn ddigon am dy fywyd.'

16

Y galon risial

Wrth i Glyn ei wylio, prysurodd Rheinhart gyda'i waith yn y siambr gudd. Aeth at ei ddesg a thynnodd allan sgrôl, un oedd wedi melynu gyda threigl amser, a'i rhoi dan ei gesail. Yna estynnodd am lyfr a chlawr lledr hardd arno, o'r silff lyfrau.

Llithrodd y gyfrol o'i law i'r llawr. Ceisiodd blygu i afael yn y llyfr. 'O,' ochneidiodd yn ddwfn. 'Does dim pwynt. Fedra i ddim . . .'

Rhuthrodd Glyn i'w helpu.

'Diolch. Cer â'r llyfr at y ford, wnei di?'

Doedd y llyfr ddim yn drwm. Rhaid bod yr hen ddewin yn wannach na'i olwg, hyd yn oed, meddyliodd Glyn. Syllodd ar y corff a safai'n dal a balch yn ei glogyn. Ond ni allai Glyn gael gwared ar y darlun o'r creadur gwachul a welsai ychydig funudau ynghynt.

'Dim ond rhith,' atgoffodd Rheinhart ef yn drist.

Nodiodd Glyn, heb gofio bod y dewin yn gallu darllen ei feddyliau.

'Hyll i'w ryfeddu, e?' meddai Rheinhart.

'Mae'n wir ddrwg 'da fi,' atebodd Glyn.

'Paid â gwastraffu amser yn ymddiheuro. Mae 'da ni waith i'w wneud. Rhaid i ti fod yn barod. Chwilia di'r llyfr 'na am adran o'r enw *Y Galon Risial*.'

Roedd gwaith pori drwy'r tudalennau ar ddaear, awyr, dŵr a thân, yn luniau a diagramau a swynion am yn ail.

'Mae e yna yn rhywle. Rhaid i ti chwilio'n fanylach,' anogodd y dewin ef yn ddiamynedd.

Cyrhaeddodd Glyn ddiwedd y llyfr ac yna dechrau ei ddarllen am yn ôl. Roedd rhagor o swynion a lluniau o'r sêr a'r planedau, o beiriannau rhyfedd gyda saethau yn arwain atyn nhw ac oddi wrthyn nhw . . . ac o'r Cloc Tynged ei hun.

O'r diwedd, daeth at y darn yr oedd Rheinhart wedi gofyn amdano. Yng nghanol tudalen yn llawn rhifau ac arwyddion roedd diagram o'r galon risial.

'Dyma beth sy'n rhoi ei rymoedd anhygoel i'r Cloc. Dyma'r crisial, y galon sy'n cynnal y pŵer ac yn gwneud popeth yn bosibl . . .'

Syllodd Glyn yn syn ar y llun.

'Unwaith yr wyt ti yn y tŵr, Glyn, rhaid i ti gael gafael ar y crisial a'i ddifa. A phan fyddi di wedi llwyddo i wneud hynny, addurn yn unig fydd y crisial.'

'Mae'r cyfan mor syml â hynny? A bydd dim gwahaniaeth gan y crisial fy mod i'n ei chwalu'n deilchion?'

'Mae gan y crisial ei rym ei hun, oes, ond mae ei rym mwyaf yn y ffaith ei fod yn rhan o'r Cloc,' eglurodd Rheinhart yn amyneddgar. 'Fy swyn i oedd yn rhoi ei nerth iddo.'

'Sut?'

'Ei safle yn y tŵr, a safle'r tŵr ei hun. Mae i'r holl bethau hyn eu harwyddocâd. Pan fyddi di'n creu swyn, mae'r manylion i gyd yn bwysig. O'r pwys mwyaf.'

'Iawn. Gallaf dderbyn nad yw mor gryf â hynny ar ei ben ei hun. Ond mae'n rhaid i mi fynd i mewn i'r tŵr yn y lle cyntaf, on'd oes?'

Gan anwybyddu Glyn yn llwyr, aeth Rheinhart yn ei flaen. 'Mae'r crisial wedi ei osod mewn darn o farmor yng nghanol y siambr uchaf,' eglurodd. 'Mae'r pen crwn i'w weld uwchben wyneb y marmor. Rhaid i ti afael ynddo a'i dynnu o'r marmor. Ond gofala na fydd dy fysedd yn llithro. Mae'n debyg mai un cyfle yn unig gei di i gael gafael yn y crisial. Paid â methu. Wyt ti'n deall?'

Nodiodd Glyn yn nerfus.

'Pan fyddi wedi cael gafael yn y crisial, paid ag edrych arno fe. Bydd ei ddisgleirdeb yn dy hypnoteiddio di. Rhaid i ti ei daflu yn erbyn y llawr nes ei fod yn chwalu'n ddarnau mân. Chaiff neb arall feddwl eu bod nhw am reoli'r garreg, fel y gwnes i yn fy ffolineb.'

Roedd pen Glyn yn troi. Ei gyfrifoldeb ef oedd y cyfan bellach. Trueni na allai Rheinhart ddifetha'r Cloc ar ei ben ei hun.

'Rydw i'n rhy wan,' esboniodd y dewin. 'Rwyt ti'n gwybod hynny cystal â fi.'

'Ond doeddech chi ddim yn rhy wan gannoedd o flynyddoedd yn ôl.'

'Digon gwir. Ond mae'r Cloc wedi bod ynghwsg ers canrifoedd—fel llosgfynydd yn barod i ffrwydro. Ac yna dest ti yma. Nawr bod y Cloc wedi deffro eto, gall rhywun fynd i'w grombil— doedd hynny ddim yn bosib cyn i ti ddod.'

Pam fi? meddyliodd Glyn. Pam aros nes bod fi'n dod? 'Ond os yw'r Cloc yn gwybod beth ydw i am ei wneud, mae'n siŵr o geisio fy rhwystro i,' dadleuodd.

Cytunodd Rheinhart. 'Mae'n bur debyg dy fod yn iawn. Ond rydw i yma. Efallai 'mod i'n wan, ond rwy'n dal i ddeall hud y Cloc yn well nag unrhyw un. Ac rwyf am wneud hynny fedra i i dy helpu di. Ond dy arf pennaf di yw'r ffaith bod y llwybr drwy'r Cloc i'r crisial allan o afael amser.'

'Allan o afael amser! Beth . . .?' dechreuodd Glyn.

'Fedra i ddim egluro nawr. Does dim amser. Pan fyddi di ar y llwybr hwn, all grymoedd y Cloc ddim dy niweidio. Ond pan fyddi yn yr un siambr â'r crisial, bydd y sefyllfa'n wahanol.'

Peidiodd sgwrs yr hen ŵr. Syllodd fel delw o'i flaen. Edrychai fel petai wedi ymgolli yn ei syniadau a'i feddyliau ei hun.

Torrodd Glyn ar draws ei fyfyrdod. 'Ac os af i ar hyd y llwybr hwn, beth wedyn?'

'O ie, Crych Amser. Crych Amser!' Torrodd y sêl ar y sgrôl a gosododd y siart ar y bwrdd.

Roedd Crych Amser yn edrych fel map i ddangos symudiadau'r planedau. Roedd cylch mawr llachar yn y canol ac o'i gwmpas roedd saith cylch consentrig o liwiau'r enfys.

'Beth ydyn nhw?' gofynnodd Glyn.

'Crychdonnau. Wrth iddo guro, mae'r crisial yn anfon crychdonnau, coch neu oren . . . bob cam i'r fioled. Mae pob crychdon yn agwedd wahanol ar amser . . . y gorffennol, y presennol, y dyfodol. Yr hyn sy'n rhaid i ti gofio yw mai gwyrdd yw'r presennol.'

'A beth am y lleill? Ydyn nhw'n . . . ?

'Mae'r lleill yn beryglus. Aros di ar y llwybr sydd allan o afael amser nes i'r crychdon gwyrdd ymddangos. Pan fydd e'n disgleirio, rhaid i ti fynd at y plinth marmor a gafael yn y crisial. Ond cymer ofal. Pymtheg eiliad yn unig fydd gen ti i wneud hyn. Os byddi di eiliad yn hwy, bydd y crych yn newid ei liw o wyrdd i liw arall a bydd dy gorff yn symud naill ai i'r gorffennol neu i'r dyfodol.'

'Newid i liw arall? I ba un?'

'Pwy all ddweud?' cyfaddefodd Rheinhart. 'Efallai mai melyn fydd yn dilyn gwyrdd, neu las . . . efallai mai cael dy hyrddio i'r dyfodol fydd dy hanes neu dy lusgo i'r gorffennol . . . does dim modd dweud.'

'Wela i,' atebodd Glyn yn dawel. 'Un cwestiwn

arall. Sut ydw i'n mynd i mewn i dŵr y Cloc? Sut ydw i fod i gyrraedd y llwybr sydd allan o afael amser?'

Atebodd Rheinhart ddim. Eisteddodd a syllu o'i flaen. Gwibiodd golwg bryderus iawn dros ei wyneb. Ac fe newidiodd ei wyneb. Ymddangosodd gwedd erchyll o hen a hyll, gyda llygaid marmor a chroen mor frau â hen femrwn. Ac fe ddechreuodd gilio o afael Glyn.

'Rheinhart!' sgrechiodd hwnnw. 'Rheinhart! Sut ydw i'n mynd i mewn i dŵr y Cloc? Paid â 'ngadael i cyn ateb! Rheinhart!'

'Mynd i mewn?' atebodd y cysgod.

'I mewn, ie. Ateb fi!'

Am eiliad, meddyliodd Glyn fod y dewin hynafol am ddiflannu'n llwyr. Neidiodd Glyn ato a gafael yn ei ysgwyddau main. Daeth yn ei ôl, yn soled unwaith eto, ac yn hyll fel pechod.

'Rhaid i mi orffwys,' meddai'n llesg. Llithrodd i'r llawr yn ei wendid. 'Rhaid i ti wasgu'r sgwâr lleiaf ar y rhan uchaf ar un o'r amserau penodedig.' Aeth ei lais yn ddim.

'Ond pa amserau yw'r rheiny? Dwed, plîs, cyn ei bod yn rhy hwyr,' apeliodd Glyn.

Ochneidiodd yr hen ddyn. 'Yr amserau sydd i'w gweld ar wyneb y Cloc ond . . . ond fedra i ddim cofio beth . . .'

'Rydw i'n eu cofio,' atebodd Glyn yn fuddugoliaethus. 'Un o'r gloch, pedwar, wyth a deuddeg.'

'Rwyt ti'n iawn!' cytunodd Rheinhart, gan

ymddangos yn ifanc unwaith eto. 'Da ti, 'machgen i. Byddai Guri'n falch iawn ohonot ti. Nawr mae'n bryd i ti fynd.'

Gwyddai Glyn yn union beth oedd raid iddo'i wneud, a daeth ofn yn donnau drosto. Ofn? Nage, arswyd. Roedd yn rhaid iddo fentro i grombil y Cloc ac roedd y dychryn bron yn ddigon i'w barlysu.

'Ffarwél, gyfaill,' meddai'r hen ddewin. 'O, ac un peth arall.'

'Ie?' trodd Glyn ato'n obeithiol. 'Beth?'

'Rwy newydd gofio rhywbeth bach arall. Mae 'na ddrws ym mhen pellaf y llwybr sydd allan o afael amser—drws a sbring arno. Mae'r sbring yn gwneud i'r drws gau a chloi pan aiff rhywun i mewn. Y bwriad oedd cadw'r bobl fusneslyd o hyd braich. Mae'n ddigon hawdd iddyn nhw fynd i mewn ond yn amhosibl iddyn nhw ddod allan i ddweud yr hanes. Haws o lawer na thaflu swyn.' Chwarddodd yn oeraidd.

Cofiodd Glyn ei hunllef. Roedd e mewn magl, wedi ei ddal fel cwningen. Doedd dim dihangfa. 'Beth yw'r rhywbeth "bach" rydych chi wedi'i gofio?'

'Hon,' meddai Rheinhart, gan gynnig allwedd iddo o boced ei glogyn. 'Dyma dy ddihangfa di.'

'Rhywbeth bach! Ac mae hon yn dal i weithio ar ôl yr holl flynyddoedd?'

'Wrth . . . wrth gwrs. Rwy'n hollol . . .'
Unwaith eto, diflannodd y gŵr ifanc a chymerwyd

ei le gan greadur hŷn nag amser, hyllach na phechod. 'Does dim pwynt,' cyfaddefodd. 'Fedra i wneud dim mwy . . .' Taflodd yr allwedd i'r llawr.

'Cer. Cer o 'ngolwg i,' meddai, gan bwyntio i gornel bellaf y siambr. 'Fe ddylai'r ffordd 'na dy arwain i'r wyneb. Pob lwc, Glyn Schilling,' sibrydodd. 'A phob bendith.'

17

Pob eiliad yn cyfri

O'r diwedd, daeth Glyn allan i olau dydd mewn llecyn yng nghanol llwyni. Doedd 'na ddim i awgrymu bod adeilad wedi sefyll yno erioed.

Gwthiodd yr allwedd roddodd Rheinhart iddo yn ddwfn i'w boced ac edrych o'i gwmpas. Yn y pellter, gallai weld y tŵr du a'i ben yn sefyll yn falch uwchben y coed. Unig obaith Glyn oedd bod yr hen ddewin wedi rhannu'r wybodaeth i gyd gydag e. Ei fod heb anghofio unrhyw beth pwysig.

Aeth yn ei flaen drwy'r caeau, drwy'r coed ac yn ôl i ganol y fforest . . . ac yn sydyn, roedd ganddo gwmni. Roedd lluoedd o bobl—dynion, gwragedd a phlant—yn anelu at dŵr y cloc. Dyma'r peth olaf yr oedd wedi ei ddisgwyl. Y person olaf iddo ei weld, ar wahân i Rheinhart hen ac ifanc, oedd Marta—ac roedd hynny fel petai oesoedd yn ôl.

Roedd y sefyllfa mor erchyll. Roedd popeth yn ymddangos yn gwbl normal i'r bobl hyn. Roedd y dyrfa'n heidio i weld rhywbeth oedd ganwaith yn fwy peryglus na'r arf cryfaf dan haul; ond chwerthin a sgwrsio wnâi pob un. Doedden nhw ddim yn sylweddoli mor felltigedig oedd yr hyn yr oedden nhw am ei weld? Nac oedden. Wrth gwrs nad oedden nhw.

Cafodd ei demtio i'w rhybuddio. Roedd am ddweud wrthyn nhw beth i'w ddisgwyl. Ond pwy fyddai'n ei gredu . . . ac, wrth feddwl, doedd ganddo fe ddim syniad beth i'w ddisgwyl chwaith petai amser yn rhedeg yn wyllt. Petai'r bobl ond yn mynd tua thre o'r ffordd!

'Waw!' meddai merch ifanc wrth edrych ar y twr o'i blaen. Gwthiodd heibio i Glyn. 'Am adeilad anhygoel!'

'Tybed beth yw e? Pwy gododd e? A shwd lwyddon nhw i wneud y cyfan mor sydyn?' gofynnodd ei ffrind, heb ddisgwyl ateb.

Fel yr âi Glyn yn nes at y twr, fe'i câi yn fwy anodd symud oherwydd yr holl bobl. Roedd mwy a mwy yn heidio i fyny'r bryn at yr adeilad hynod oedd newydd ymddangos yng nghanol y fforest.

Ac yna sylwodd Glyn ar rywbeth arall—bod yr awyr yn cynhesu'n sydyn, yn sydyn iawn. Llithrai cawodydd o eira newydd ddadleth o gangau'r coed i'r ddaear; trodd y ddaear yn llaca a thoc roedd llawr y fforest fel nant o eira brwnt newydd ddadmer a newydd ei ddamsang. Roedd popeth yn digwydd mor gyflym. Ai un o driciau'r cloc oedd hyn?

O'r diwedd, yn boenus o brin ei anadl, cyrhaeddodd Glyn y llannerch o flaen y Cloc Tynged.

Roedd y lle'n llawn pobl wedi cyffroi; pob un yn gwthio yn erbyn ei gymydog er mwyn medru gweld yn well. Edrychodd ar ei oriawr. Pum munud yn unig oedd ganddo i aros.

Gwthiodd ei ffordd drwy'r dyrfa ddisgwylgar. Wrth iddo gyrraedd blaen y rhesi, suddodd ei galon.

Safai plismon yn ei wisg werdd, a'i gi gydag e, yn gofalu nad oedd unrhyw un yn croesi'r rhaff oedd wedi ei gosod o gwmpas y tŵr.

Ebychodd Glyn yn uchel yn ei siom. Roedd yn rhaid iddo gadw'i air i Rheinhart, hyd yn oed petai . . . Petai beth? Sut yn y byd oedd e am fynd heibio i'r plismon a'i gi?

Dechreuodd y bobl oedd yn aros siarad â'i gilydd, heb feddwl am eiliad am yr hyn allai ddigwydd iddyn nhw am ei fod ef, Glyn Schilling o dras Guri'r prentis, yn sefyll yn eu plith. Am ei fod ef wedi dychwelyd i'w gwlad; i'r wlad lle cawsai ei dad ei eni.

Gan sleifio dan y rhaff, rhedodd Glyn at y plismon a'i gi, gan weiddi a chwifio'i freichiau fel melin wynt.

Cyfarthodd y ci rybudd a rhuthrodd ato. 'Paid,' arthiodd y plismon. Ond roedd y ci wedi gorfod eistedd yn llonydd ac ufudd drwy'r bore. Gwelodd ei gyfle i gael rhywfaint o hwyl. Wrth i Glyn ei heglu i gefn tŵr y cloc, carlamodd y ci ar ei ôl, gan lusgo'r plismon ar ei ôl yntau.

Wrth iddo droi'r gornel, mentrodd Glyn

gymryd cipolwg dros ei ysgwydd. Doedd dim sôn am na phlismon na chi. Ond roedd 'na ddrws yn ei wynebu, drws ar waelod y grisiau a redai y tu allan i'r tŵr fel helter sgelter mewn ffair. Rasiodd ato, a'r dyrfa yn ei annog yn ei flaen, yn rhan o'r hyn roedden nhw'n ei feddwl oedd yn gêm gan grwt ifanc beiddgar.

Un set o risiau. Dwy set o risiau. Â'i galon yn curo'n boenus o uchel yn ei glustiau gyda phob cam. Ac i'r parapet. Edrychodd ar ei oriawr. Pymtheg eiliad. Pymtheg eiliad oedd ganddo cyn i'r cloc daro un o'r gloch.

Chwiliodd yn wyllt am y sgwâr lleiaf ar y rhan uchaf. A dyna fe—gyferbyn â'i ganol a mymryn i'r dde. Dechreuodd gyfrif.

'Deg,' meddai, 'naw, wyth . . .'

Yr eiliad honno, gafaelodd llaw drom ynddo a'i dynnu am yn ôl. Trodd i weld wyneb chwyslyd y plismon yn syllu'n filain arno.

'A phwy roddodd yr hawl i ti dorri drwy'r rhaff o gwmpas y tŵr, frawd?' gofynnodd.

'Mae'n ddrwg 'da fi,' atebodd Glyn, gan geisio estyn ei law yn erbyn y sgwâr. 'Y . . . her . . . ie, her oedd e. Dyna i gyd.'

'Her, wir! Rwyt ti'n gwneud i fi gwrso'r holl ffordd lan fan hyn ar dy ôl di a dweud mai her yw'r cyfan? Gallai'r lle 'ma fod yn beryglus. Wnest ti feddwl am hynny cyn derbyn dy her? Wel, do fe? Ac edrych di arna i, nid ar dy oriawr, pan fydda i'n siarad â ti,' meddai'r plismon yn flin.

Tri . . . dau . . . un. Gwthia!

Gwthiodd Glyn y sgwâr yn y garreg â'i holl nerth. Agorodd y drws yn y marmor a thaflodd ei hun i mewn drwyddo.

'Hei! Beth yn y byd wyt ti'n ei wneud . . .?' dechreuodd y plismon.

'BANG!' Caeodd y drws yn glep o'i ôl. O'r diwedd! Roedd Glyn yn sefyll y tu mewn i'r Cloc. Y Cloc Tynged.

Edrychodd o'i gwmpas a sylweddolodd ar unwaith mor gyfarwydd oedd popeth. Oerni'r marmor; addurniadau canllawiau'r grisiau; yr agennau culion yn y wal i roi llygedyn o olau. Daeth yr hunllef yn ôl ato mor fyw ag erioed. Ond doedd dim amser i hel meddyliau. Rhaid oedd iddo roi ei sylw i gyd i'r dasg o'i flaen.

Dringodd y grisiau troellog. Yn sydyn, clywodd rywbeth a wnaeth iddo rewi yn y fan a'r lle. Roedd sŵn hymian isel yn dod o'r crisial, fel curiad calon.

Â'i galon ei hun yn curo fel gordd, rasiodd Glyn i ran ucha'r tŵr. Daeth y grisiau i ben yn sydyn. O'i flaen roedd drws a thu hwnt i hwnnw roedd llwybr. Dyma'r llwybr oedd allan o afael amser, yn ôl yr hen ddewin. Camodd Glyn ymlaen.

Peidiodd yr hymian ar unwaith. Crynodd Glyn. Roedd y tawelwch yn llwyr ac yn llethol. Wrth gwrs, gan ei fod wedi camu allan o afael amser, roedd yn gwrando ar sŵn *dim*.

18

Dawns gorffwylledd

Dechreuodd ddringo'r llwybr serth. Llifai golau gwan drwy'r ffenestri culion. Taflodd Glyn gipolwg allan.

Teimlodd ei stumog yn troi. Rhuthrodd at ffenestr arall ac un arall wedyn. A'r un olygfa oedd yno bob tro. Yr un bobl, yr un gwylwyr, yn symud o gwmpas fel petaent ar fideo wedi ei gyflymu. Ac yna'n sydyn, dechreuodd pawb symud am yn ôl. Ymlaen. Yn ôl. Ac eto. Ac eto fyth. Yn gyflym. Yn araf. Yn gyflym eto. Ac yna'n araf eilwaith. Roedd y gwylwyr wedi eu dal yng nghrafangau amser . . . Edrychent fel petaent yn dawnsio rhyw ddawns ryfedd. Dawns heb na rheol na rheswm iddi. Y ddawns gorffwylledd y soniodd Rheinhart amdani, efallai. Y ddawns roedd y Cloc Tynged wedi'i bygwth.

Roedd golau'n fflachio ac yn ychwanegu at yr olygfa ryfedd. Cynnau. Diffodd. Cynnau eto. A diffodd eto fyth; yn gyflym ac yna'n gyflymach. Roedd fel petai golau strôb yn fflachio—gan wneud i symudiadau pypedaidd y bobl edrych yn osgeiddig a disgybledig.

Ond o ble daeth y golau? Edrychodd Glyn ar yr awyr a dychryn wrth sylweddoli mor sydyn roedd nos yn dilyn dydd. Dro ar ôl tro, rhwygwyd yr awyr las i ddangos düwch nos.

Ond yr olwg ar wynebau'r bobl oedd yn peri'r ofn mwyaf ar Glyn. Roedd yr arswyd a'r boen wedi eu cerfio'n llinellau dyfnion arnynt.

'*Bydd ennyd o boen yn creu dioddefaint am byth.*' Daeth geiriau'r hen ddewin yn ôl yn boenus o glir i gof Glyn. Dyna ei ddisgrifiad ef o'r gosb. A dyna oedd yr olwg ar bob wyneb a welai.

Rhaid i mi roi stop ar hyn i gyd, meddyliodd. All neb arall wneud. Dim ond y fi. Trodd a rhuthrodd ar hyd y llwybr allan o afael amser. Rhaid i mi ddifa'r crisial. Roedd y siambr o'i flaen. Ac roedd yna wawr werdd o gwmpas ym mhob man. Llamodd Glyn yn ei flaen; ond wrth iddo gyrraedd, trodd y lliw yn las. Doedd dim amdani ond aros i'r lliw droi'n wyrdd eto.

Edrychodd drwy'r ffenestr agosaf. Wrth i nos a dydd fflachio heibio, sylweddolodd fod pobl yn tyfu'n ifancach. Taflodd hen ddyn ei ffon a throdd ei wallt gwyn yn dywyll eto . . . Un funud roedd yn wargam, y funud nesaf safai'n dalsyth fel coeden . . . yna dechreuodd gropian fel babi. Tyfai am yn ôl.

Un ar ôl y llall, digwyddodd yr un peth i bawb yn y llannerch nes bod dim sôn am un enaid byw yno. Rhedodd Glyn i'r ffenestr ar yr ochr arall. A'r un oedd y darlun yno hefyd. Roedd pawb wedi diflannu, wedi eu cipio i amser cyn iddyn nhw gael eu geni.

Safai yno fel dyn wedi ei barlysu. Fedrai e ddim credu yr hyn roedd ei lygaid yn ei ddangos iddo. Na! meddai wrtho'i hun. All hyn ddim bod yn digwydd!

Yn sydyn, o nunlle, gorchuddiwyd y ddaear â babanod, pob un yn crio'n swnllyd. Ac fe ddechreuodd pob un o'r babanod hynny ddatblygu, pob un yn ei ffordd ei hun, gan dyfu gwallt a thyfu i'r un maint ag yr oedden nhw cynt.

Ond ddaeth pethau ddim i ben fan'ny. Roedd amser yn dal i'w hyrddio nhw yn eu blaenau.

Er dychryn iddo, sylweddolodd Glyn ei fod wedi colli cyfle i gamu drwy'r crychdon gwyrdd, diogel, a chipio'r crisial. Roedd wedi ymgolli'n llwyr yn yr olygfa o'i flaen.

Y ffŵl dwl, cyhuddodd ei hun. Edrych ar y cyfle rwyt ti wedi'i golli! Edrych ar beth rwyt ti wedi'i wneud i'r bobl druain lawr fan'na! Achos o edrych eto, gwelodd bod y bobl yn dal i heneiddio'n echrydus o gyflym.

Roedd plant yn rhuthro benben i henaint a'r hen bobl yn eu plith yn disgyn o un i un. O fewn eiliadau, roedd y llecyn yn edrych fel maes brwydr. Roedd y cyrff ar y llawr yn troi'n sgerbydau ac yna'n llwch i'w gario i ffwrdd gan y gwynt.

Syllodd Glyn mewn arswyd pur.

Roedd e'n rhy hwyr.

Roedd e wedi methu.

Roedd y dorf, Ewythr Karl, Modryb Ingrid, Wolf—pawb, efallai, oedd yn arfer byw yn Oberdorf a Steinfeld—wedi marw. Roedd y Cloc Tynged wedi lladd pob un ohonyn nhw.

Ond na! Yr un mor sydyn, daeth y gwylwyr yn ôl. Y tro hwn, roedden nhw'n dringo'r bryn fel yr oedden nhw wedi'i wneud yn gynharach. Wrth i Glyn eu gwylio, cyrhaeddai mwy a mwy o bobl a sefyll i syllu ar y twr a'r cloc.

'Ewch o'ma!' sgrechiodd. 'Mae'r lle 'ma'n beryglus!' Ond fedrai neb ei glywed. Roedden nhw wedi eu tynghedu i ail-fyw eu heiliadau olaf gyda'r Cloc Tynged mor aml ag y mynnai'r Cloc iddyn nhw wneud hynny.

Cyrhaeddodd cerbyd heddlu, gosodwyd y rhaff yn ei lle a gwelodd Glyn blismon, mewn gwisg werdd, a'i gi yn sefyll ar waelod y grisiau. Yn sydyn, gwelodd fachgen. Gwyliodd y bachgen hwn yn sleifio o dan y rhaff a dechrau dawnsio'n wyllt.

'Fi yw e!' meddai wrth i'r atgof am ei adlewyrchiad yn ei hunllef lifo'n ôl.

Roedd amser wedi colli pob ystyr. Roedd y Glyn arall eisoes yn carlamu i fyny'r grisiau y tu allan i'r twr. Cyn hir, fe fyddai'n dod wyneb yn wyneb â'r Glyn oedd yn ei wylio.

Pa un yw'r Glyn go iawn, meddyliodd? Ai fi neu hwnna sydd newydd ddechrau dringo? A beth fydd yn digwydd pan fydd y ddau ohonom yn cwrdd? Doedd arno ddim awydd gwybod.

Roedd yn rhaid iddo fynd i mewn i'r siambr. Roedd yn rhaid iddo roi diwedd ar yr holl ynfydrwydd. Rhuthrodd ar hyd y llwybr ac roedd hanner ffordd drwy'r drws cyn sylweddoli mai melyn, nid gwyrdd, oedd y llewyrch a ddôi o'r crisial.

Ceisiodd ei atal ei hun. Ond roedd yn rhy hwyr. Roedd hanner blaen ei gorff, y rhan oedd wedi sefyll yn llewyrch y golau melyn cynnes, wedi heneiddio mewn eiliad.

Teimlai ei freichiau'n wan. Sbeciai ar y smotiau brown ar ei ddwylo—smotiau henaint. Cyffyrddodd ei wyneb yn ysgafn ac roedd fel petai'r croen anghyfarwydd, caled fel lledr, yn ei losgi. Roedd yn debycach i groen crocodeil nag i'w groen ei hun.

'O na!' ebychodd Glyn mewn llais hen, dwfn. 'Beth yn y byd rydw i wedi'i wneud?'

Y tu ôl iddo, gwelodd ffurf rhywun ar ben pella'r coridor. Fe'i hun oedd e. Syllodd yn ôl i'r siambr felen. Pa drefn fyddai'r patrwm lliwiau yn ei dilyn?

Os mai gwyrdd fyddai'r lliw nesaf, byddai'n rhaid iddo gipio'r crisial unwaith ac am byth. Os mai lliw arall . . . efallai y byddai'n heneiddio digon i farw.

Y tu ôl iddo, daeth ei hunan arall yn nes ato. Roedd ar fin camu i'r coridor allan o afael amser. Gwyddai Glyn nad oedd ganddo ddewis ond mynd i mewn i'r siambr. Caeodd ei lygaid: camodd ymlaen.

Caeodd y drws carreg yn glep o'i ôl.

19

Crychdonnau amser

Agorodd Glyn ei lygaid. Doedd dim ffenestri yn y siambr; y crisial ei hun oedd yn goleuo'r lle. O ganol y plinth marmor du yng nghanol yr ystafell fe gurai'r crisial—a thaflu ei olau emrallt dwfn.

Teimlodd Glyn y rhyddhad yn golchi drosto yn donnau. Am lwc . . .

'*Ie'n wir*,' meddai llais Rheinhart yn ei ben. '*Brysia nawr. Cymer y crisial tra bo'r cloc yn dal i chwarae ei driciau dieflig.*'

Estynnodd Glyn ei fraich ar draws y plinth marmor ac edrychodd ar y crisial yn ei fôr o wyrddni. Cafodd ei hun yn syllu ar awyr y nos, yn pefrio gyda miloedd o sêr—bydysawd bach.

Ceisiodd ddyfalu o ble y daeth y garreg anhygoel hon. Sawl miliwn o filltiroedd oedd y garreg wedi teithio cyn disgyn i'r Ddaear? Roedd mor hardd . . . yn ddigon o ryfeddod . . . fel emrallt anferth.

'*Paid ag edrych i mewn i'r crisial*,' daeth llais bloesg Rheinhart, '*does gen ti fawr o dy bymtheg eiliad ar ôl cyn i'r lliw newid o wyrdd i . . .*'

Caeodd dwylo Glyn am y garreg hardd, gafaelodd yn y wyneb llyfn a thynnu. A llithrodd.

Roedd y golau melyn wedi gadael ei fysedd yn hen ac yn ddiffrwyth. 'Na,' ebychodd.

Ceisiodd eto, ac eto fe fethodd yr hen fysedd crebachlyd gael gafael. Roedd yr eiliadau olaf yn tician heibio . . .

'YN RHYFEDDOL O A . . . R . . . A . . . F . . . YN RHYFEDDOLOGYFLYM.'

Clywodd lais annaearol y Cloc yn ei atgoffa o'r hyn oedd yn digwydd.

Curai morthwyl gofid ym mhen Glyn wrth iddo ymdrechu, dro ar ôl tro, i dynnu'r crisial o'i le.

'Symuda!' plediodd. 'Symuda!'

'EWCH O GWMPAS. AC ETO. AC ETO.' Bloeddiodd y Cloc Tynged ei neges.

'O'r diwedd!' sgrechiodd Glyn yn ei lawenydd wrth i'r crisial symud rhyw fymryn o'i gartref marmor.

Wrth iddo symud yn raddol o'r twll, pefriodd y crisial ac ymddangos, am eiliad, fel clamp o saffir.

'Golau glas,' sylwodd Glyn. 'O, na!'

Roedd crychdonnau amser wedi newid o wyrdd i las. Gan sythu ei gefn yn sydyn, cododd Glyn y crisial. Yna, gyda'r holl egni yn ei gorff, fe'i hyrddiodd i'r llawr.

'NAAAAAAAA!!' daeth y waedd, fel cri creadur mewn poen, nes i'r garreg daro yn erbyn y llawr a thawelu ar amrantiad. Chwalodd y crisial yn filiwn o ddarnau mân. Pefriodd am ennyd ac yna diflannu'n llwyr.

'HWRÊ!' Llongyfarchodd Glyn ei hun yn y tywyllwch.

Roedd e wedi llwyddo! Roedd e wedi chwalu'r crisial ac wedi difetha'r Cloc Tynged. Ond ble oedd y drws? Ble oedd twll y clo? Edrychodd yn ddall o'i gwmpas.

Os na fedrai ddod o hyd i'r drws, roedd e mewn trap. Dim dihangfa. Roedd pedair wal o farmor oer o'i amgylch. Roedd yn garcharor ym mlwch marmor ei hunllef.

20

Cylch cyflawn

Llithrodd Glyn i'r llawr. 'Rheinhart,' galwodd. 'Rheinhart!' Dim. Beth ddigwyddodd i'r llais yn ei ben? Roedd e wedi llwyddo i dorri'r crisial. Roedd e wedi torri gafael y felltith. Ond tybed oedd e hefyd wedi difa'r dewin? Ac os oedd e, pwy fedrai ei helpu bellach?

Ac yna dechreuodd rhywbeth ddisgleirio o'i flaen. Meddyliodd am funud bod ei lygaid yn chwarae triciau arno, ond wrth iddo ganolbwyntio ar y golau gwan, dechreuodd ddisgleirio'n gryfach.

Gan arswydo rhag i'r golau ddiflannu cyn iddo ei gyrraedd, rhuthrodd Glyn ar draws y siambr. Roedd y golau'n dod trwy dwll yn y wal. Trwy dwll y clo!

Tynnodd Glyn yr allwedd roddodd Rheinhart iddo o'i boced. Gosododd hi yn y twll bach a'i throi'n ofalus. Clywodd sŵn clic ysgafn cyn i'r drws agor. Taflodd ei hun ar hyd y llwybr.

Wrth iddo redeg, sylweddolodd bod ei freichiau a'i goesau'n normal eto. Sut felly? Y golau glas, meddyliodd. Rhaid bod gan y golau glas rywbeth i'w wneud â hyn.

'*Yn hollol,*' treiddiodd llais Rheinhart drwy ei feddwl. '*Crychdon las amser.*'

'Rwyt ti'n dal yn fyw,' atebodd Glyn.

'*Ond fydda i ddim byw lawer yn hirach, diolch i ti, Glyn Schilling,*' sibrydodd y llais.

'Ydy'r golau glas yn gryfach na'r golau melyn?' gofynnodd Glyn.

'*Mae ei effaith yn wahanol. Y golau melyn oedd wedi heneiddio dy fraich. Y golau glas ddaeth â'r ieuenctid yn ôl iddi,*' eglurodd.

'Ac o gymysgu'r ddau liw, mae glas a melyn yn rhoi gwyrdd. Hynny yw, y presennol.' O'r diwedd, roedd wedi deall y sefyllfa.

'*Cywir. Rwyt ti nawr yn union fel yr oeddet ti pan fentraist i mewn i'r tŵr. Gwasga di'r garreg a dos. Pob hwyl i ti, Glyn Schilling o dras Guri. O linach fy mhrentis ffyddlon. Da bo ti, Glyn.*' Ac aeth llais yr hen ŵr yn ddim.

Wrth i Glyn bwyso ar y garreg sgwâr, agorodd y drws a chau yr un mor sydyn. Roedd yn sefyll ar y parapet unwaith eto, a'i gefn at y wal farmor.

Edrychodd Glyn ar ei oriawr. 'Ac edrycha di arna i, nid ar dy oriawr, pan fydda i'n siarad â thi,' meddai'r plismon yn flin.

Roedd hyn yn anhygoel! Nid yn unig roedd Glyn yn sefyll y tu allan i dŵr y cloc ond roedd yn ôl yn yr union eiliad cyn iddo wasgu'r garreg!

'Cadwa di i ffwrdd o'r grisiau 'ma. A bagla hi o 'ngolwg i.'

Arhosodd Glyn ddim i ddadlau. Trodd a rhedeg

i lawr y grisiau. Roedd fel petai'r ddawns orffwyll heb ddigwydd erioed. Roedd fel petai heb fentro i grombil y Cloc Tynged o gwbwl.

Wrth iddo gyrraedd y set olaf o risiau, sylwodd ar y dyrfa o bobl yn gwenu arno.

'Hei, Glyn!' galwodd llais cyfarwydd o gefn y dorf. 'Ti'n iawn, dwed? Roedden ni bron â mynd yn ddwl yn gofidio amdanat ti.'

Gwelodd Glyn ei Ewythr Karl a Modryb Ingrid yn ceisio tynnu ei sylw. Ac roedd Marta a Wolf yno'n gwmni hefyd. Rhuthrodd Glyn at ei fodryb.

'Diolch byth!' meddai hithau, gan ddal ei gafael ynddo fe fel petai am ei ddal am byth. 'Allan drwy'r nos yn yr eira a'r rhew. Roedd Karl a fi yn dechrau ofni'r gwaethaf . . .'

'Gall yr hen fforest 'ma fod yn dwyllodrus ar unrhyw adeg. Ac mewn tywydd fel hyn . . . Ond ta beth am hynny, dwyt ti ddim yn edrych fymryn gwaeth am dy brofiad. Dyna beth yw bod yn ifanc, debyg.'

Roedd hyd yn oed y ci yn falch o'i weld. Neidiodd at Glyn a cheisiodd lyfu ei wyneb.

'Pan ddaeth y Cloc i'r golwg, awgrymais i falle mai fan hyn y byddet ti,' eglurodd Marta. 'Ac rwy wedi diolch i dy ewythr a dy fodryb am dy fod wedi dod â'r *moddion* 'na i fi.'

'Y moddion?' holodd Glyn.

'Roet yn garedig iawn, chwarae teg i ti, Glyn,' torrodd ei ewythr ar ei draws, 'ond ddylet ti ddim fod wedi gadael y tŷ. Ond rwyt ti'n iawn. Allet ti ddim fod wedi dewis amser gwell i ymweld ag Oberdorf, gwed? Y storm eira, wedyn y cloc a nawr y dadmer sydyn. Weles i erioed y fath beth.'

Taset ti ond yn gwybod, meddyliodd Glyn. Faset ti byth yn credu!

Edrychodd Glyn ar Marta dan ei chyrls melyn. Roedd cysgod gwên ar ei gwefusau cochion.

Cofiodd Glyn am rywbeth. Rhywbeth nad oedd wedi ei wneud eto.

Y bore wedyn, ar ôl cael caniatâd ei ewythr, aeth Glyn am dro i chwilio am yr hen storfa win.

Ar ôl chwilio'n ddyfal, daeth o hyd i'r grisiau cuddiedig a dechreuodd eu dilyn i gell dan-ddaearol Rheinhart. Gan ddal ei anadl, cododd y glicied a chamodd i mewn.

Roedd y siambr gudd yn union fel yr oedd wedi ei gadael y diwrnod cynt. Roedd y ffaglau'n dal i losgi ar hyd y waliau; roedd yr offer yn dal yn ei le priodol a'r crochan yn dal i ffrwtian. Dim ond un peth oedd yn wahanol. Doedd dim golwg o Rheinhart yn unman.

Galwodd Glyn amdano. Wedi mynd, meddyliodd. Tybed oedd yr hen ddewin wedi llwyddo, rywsut, i adael ei garchar cudd? Neu oedd e wedi cael ei ryddhau o'r diwedd? Oedd e wedi marw?

Gwelodd Glyn y llyfr a siart Crych Amser ar y bwrdd. Doedd dim byd wedi newid. Ond roedd llythyr yn gorwedd yn eu hymyl.

Diolch, Glyn Schilling.

Fel Guri o dy flaen, roeddet yn gyfaill triw. Gan fod y crisial bellach wedi ei ddifetha, all yr un dyn fyw am byth. A diolch am hynny.

Rheinhart

Cafodd Glyn ei hun yn syllu ar yr hafn yn y wal. Oedd. Mi roedd rhywbeth yn wahanol. Y fflam. Y fflam emrallt. Roedd hi wedi diffodd, a gyda hi roedd bywyd yr hen ddewin wedi dod i ben hefyd.

Wrth iddo adael, sylwodd Glyn ar glogyn tenau, blêr yn gorwedd ar y llawr. Ceisiodd ei godi. Ond wrth iddo wneud, fe chwalodd y clogyn—a'r pentwr bach o esgyrn oedd oddi tano—yn llwch mân.

GWAED OER

Wyt ti'n ddigon dewr i ddarllen
stori arall yng nghyfres *Gwaed Oer*?